金瓶梅詞話
萬曆本
十四

U0064238

第六十七回

西門慶書房賞雪

李解元夢訴幽情

第六十七回

西門慶書房賞雪　李瓶兒夢訴幽情

終日思卿不見卿　數聲寒角未堪聞
匣中破鏡收殘月　篋裡餘衣斂斷雲
寒雀疎枝棲不定　征鴻斷字嘆離群
玉釵敲斷心難碎　想豫傷心記未真

話說西門慶歸後邊。辛苦的人。直睡至次日。日色高還未起來。有來興兒進來說。搭綵匠外邊伺候。請問拆棚。西門慶罵了來興兒幾句。說拆棚教他拆就是了。只顧問怎的。搭綵匠一面外邊七手八脚。卸下蓆繩松條。拆了送到對門房子裡堆放。不題。玉簫進房說。天氣好不陰的重。西門慶令他向煖炕上取衣裳穿。要起來。有吳月娘便說。你昨日辛苦了一夜。天陰。大睡回兒起來。慌的老早就扒起去做甚麼。就是今日不往衙門裡去也罷了。西門慶道。我不往衙門裡去。只怕翟親家那人來討書。好打發回書與他。月娘道。既是恁說。你起去。我叫丫頭熬下粥等你來吃。這西門慶也不梳頭洗臉。鬔頭披着絨衣。戴着毡巾。逕走到花園裡。藏春閣書房中。原來自從書童去了。西門慶就委王經管花園。兩邊書房門鑰匙。春鴻便收拾打掃大廳前書房。冬月間。西門慶只在藏春閣書房中坐。那裡燒下的地炉煖炕。地平上又安放着黃銅火盆。放下梅稍月油单絹煖簾來。明間內擺着夾枝桃。各色菊花。清清瘦竹。翠翠幽蘭。裡面筆硯瓶梅。琴書消洒。床炕上茜紅毡條。銀花錦褥。枕横鸂鶒帳。挂鮫綃。西門慶掟在牀上王經連忙向卓上象牙盒內炷爇龍涎於流金小篆內西門慶使王經你去叫來安兒請你應二爹去那王經出來分付來安兒請去了只見平安走來對王經說小周兒在外邊伺候那王經走入書房對西門慶說了西門慶叫進小周兒來磕了頭說道你來得好且與我篦篦頭捏捏身上因說你怎一向不來小周兒道小的見六娘沒了忙沒曾來西門慶於是坐在一張醉翁椅上打開頭髮教他整理梳篦只見來安兒請的應伯爵來了頭戴氊帽身穿綠絨袄子脚穿一雙舊皂靴棕套掀簾子進來唱喏西門慶正篦頭說道不消聲喏請坐伯爵拉過一張椅子來就着火盆坐下了西門慶道你今日如何這般打扮伯爵道你不知外邊飄雪花兒哩好不寒冷昨日家

去晚了。雞也叫了。你還使出大官兒來、拉俺每就從不的了。我見天陰上來。還付了個燈籠、和他大舅一路家去了。今日白扒不起來。不是來安兒去叫。我還睡哩。哥你好漢還起的早若着我、成不的。西門慶道。早是你看着我、怎得個心閒。自從發送他出去了。又亂着接黃太尉、念經直到如今。心上是那樣不遂。今早房下說。你辛苦了。大睡回起去。我又記挂着只怕翟親家人來討回書。又看着拆棚。二十四日又打發韓夥計和小价起身。打包寫書帳。喪事費勞了。人家親朋罷了。士夫官員。你不上門謝謝孝。禮也過不去。伯爵道。正是我愁着哥謝孝這一節、少不的也謝。只摘撥謝幾家要緊的。胡亂也罷了。其餘相厚若會見告過就是了。誰不知你府上事多。彼此心照罷。正說着只見王經掀簾子。畫童兒用彩漆方盒。銀廂雕漆茶鍾。拿了兩盞酥油白糖熬的牛奶子。伯爵取過一盞。拿在手內。見白潋潋鵝脂一般。酥油飄浮在盞內。說道好東西。滚熱。呷在口裡。香甜美味。那消費力幾口就呵沒了。西門慶直待篦了頭。又教小周兒替他取耳。把奶子放在卓上。只顧不吃。伯爵道。哥且吃些。不是可惜放冷了。相你清辰吃恁一盞兒。倒也滋補身子。西門慶道。我且不吃。你吃了。停會我吃粥罷。那伯爵得不的一聲。拿在手中一吸而盡。畫童收下鍾去。西門慶取畢耳。又叫小周兒拿木滚子滚身上。行按摩導引之術。伯爵問道。哥滚着身子也通泰自在些麼。西門慶道。不瞞你說。相我晚夕。身上常時發酸起來。腰背疼痛。不着這般按捏。通了不得。伯爵道。你這胖大身子。日逐吃了這等厚味。豈無痰火。西門慶道。昨日任後溪。常說老先生雖故身體魁偉。而虛之太極。送了我一罐兒百補延齡丹。說是林眞人合與聖上吃的。教我用人乳常清辰服。我這兩日心上亂的。也還不曾吃。你每只說我身邊人多。終日有此事。自從他死了。誰有甚麼心緒理論此事。正說着。只見韓道國進來。作揖坐下。說劉攙各家多來會了。船已顧下。准在二十四日起身。西門慶分付甘夥計。攢下帳目。兊了銀子。明日打包。因問兩邊鋪子裡賣下多少銀兩。韓道國說。共湊六千餘兩。西門慶道。兊二千兩一包。着崔本往湖州買紬子去。那四千兩。你與來保往松江販布。過年趕頭本船來。你每人先拿五兩銀子。家中收拾行李去。韓道國又一件。小人身從鄆王府要正身上直。不納官錢。如何處置西門慶道怎的不納官錢。相來保一般。也是鄆王差事。他每月只納三錢銀子。韓道國道。保官兒那個虧了太師老爺。那邊文書上註過去。便不敢纏擾。小人此是祖役。還要勾當餘丁。西門慶道。既是如此。你寫個揭帖。我央任後溪到府中。替你和王奉承說。把你官字註銷。常遠納官錢罷。你每月只委付家下一個的當人打米就是了。那韓夥計作揖謝了。伯爵道。哥你這一替他處了這件事。他就去也放心。少頃小周滾畢身上。西門慶往後邊梳頭去了。分付打發小周兒吃了點心。良久西門慶出來。頭戴白絨忠靖冠。身披絨氅。賞了小周三錢銀子。又使王經請你溫師父來。不一時溫秀才峩冠博帶而至。敘禮已畢。左右放卓兒。拿粥上來。四碟小菜。一碗頓爛蹄子。一碗黃芽韭炒驢肉、一碗鮓炒餛飩鷄。一碗頓爛鴿子雛兒。四甌軟稻粳米粥兒。安放四雙牙筯、伯爵與温秀才上坐。西門慶關席。韓道國打横。西門慶分付來安兒。再取一盞粥。一雙快兒。請你姐夫來吃粥。不一時。陳經濟來到。頭戴孝巾。身穿白紬道袍。葱白段數衣。蒲鞋絨襪。與伯爵等作揖。打横坐下。須臾吃了粥。收下家火去。韓道國起身去了。只有伯爵温秀才在書房坐的。西門慶因問温秀才。書可寫了不曾。温秀才道。學生已寫稿在此。與老先生看過。方可謄真。一面袖中取出遞與西門慶觀看。其書曰。

寓清河眷生西門慶端肅書復大碩德柱國雲峰老親丈大人先生台下。自從京邸邂逅。數語之後。不覺違越光儀。倏忽半載。生以不幸。閨人不禄。特蒙親家遠致賻儀。兼領誨教足見爲我之深且厚也。感刻無任。而終身不能忘矣。但恐一時官守責成。有所疎陋之處。企仰門墻。有負薦拔耳。又賴在老翁鈞前。當爲錦覆。則生始終蒙恩之處皆親家所賜也。今因便鴻。謹候起居。不勝馳恋。伏惟炤亮不宣。外具揚州綉紗汗巾十方。色綾汗巾十方。揀金挑牙二十付。烏金酒鍾十個。少將遠意。希笑納

西門慶看畢。即令陳經濟書房內取出人事來。同溫秀才封了。將書謄付錦箋。弥封停當。御了圖書。另外又封五兩白銀。與下書人王玉。不在話下。一回見雪下的大了。西門慶留下溫秀才在書房中賞雪。搽抹卓兒。拿上案酒來。只見有人在煖簾外探頭兒。西門慶問誰。王經說。鄭春在這裡。西門慶叫他進來。那鄭

春手内拿着兩個盒兒舉的高高的跪在當面上頭又閣着個小描金方盒兒。西門慶問是甚麽。鄭春道。小的姐姐月姐。知道爹與六娘念經。辛苦了。沒甚麽。送這兩盒兒茶食兒來。與爹賞人。揭開一盒菓餡頂皮酥。一盒酥油泡螺兒。鄭春道。此是月姐親手自家揀的。知道爹好吃此物。敬來孝順爹。西門慶道。昨日又多謝你家送茶。今日你月姐費心。又送這個來。伯爵道。好呀。拿過來。我正要嚐嚐。死了我一個女兒會揀泡螺兒。如今又是一個女兒會揀了。先捏了一個放在口内。又拈了一個遞與溫秀才。說道。老先兒你也嚐嚐。吃了牙老重生。抽胎換骨。眼見稀奇物。勝活十年人。溫秀才呷在口内。入口而化。說道。此物出于西域。非人間可有。沃肺融心。實上方之佳味。西門慶又問那小盒兒內是什麼。鄭春悄悄跪在西門慶根前揭開盒兒說此是月姐稍與爹的物事。西門慶把盒子放在膝盖兒上。揭開纔待觀看。一邊伯爵一手搶過去。打開是一方廻紋錦雙攔子細撮古碌錢。同心方勝結穗挑紅綾汗巾兒裡面裹着一包親口磕的瓜仁兒。這伯爵把汗巾兒掠與西門慶。將瓜仁兩把喃在口裡都吃了。比及西門慶用手奪時。只剩下沒多些兒便罵道怪狗才。你害饞癆饞痞。留些兒與我見見兒也是人心。伯爵道。我女兒送來。不孝順我。再孝順誰。我兒你尋常吃的勾了。西門慶道。溫先兒在此。我不好罵出來。你這狗材。忒不相模樣。一面把汗巾收入袖中。分付王經。把盒兒掇在後邊去。不一時。杯盤羅列。篩上酒來。纔吃了一甌酒。玳安兒來說。李智黃四。関了

銀子。送銀子來了。西門慶問多少。玳安道。他說一千兩。餘者再
一限送來。伯爵道。你看這兩個天殺的。他連我也瞞了。不對我
說。嗔道他昨日你這裡念經。他也不來。原來往東平府關銀子
去了。你今收了。也少要發銀子出去了。這兩個光棍。他攬的人
家債也多了。只怕往後後手不接。昨日北邊徐內相發恨要親
往東平府自家抬銀子去。只怕他老牛箝嘴箝了去。却不難爲
哥的本錢了。西門慶道。我不怕他。我不管甚麽徐內相李內相。
好不好我把他小廝提留在監裡坐着。不怕他不與我銀子。一
面教陳經濟。你拿天平出去收兌了他的。上了合同就是了。我
不出去罷。良久陳經濟走來回話。說銀子巳兌足一千兩。交入
後邊大娘收了。黃四說。還要請爹出去說句話兒。西門慶道。你

只說我陪着人坐着哩左右他只要搗合同的話教他過了二十四日來罷經濟道不是他有庄事兒要央煩爹請爹出去親自對爹說西門慶道甚麼事等我出去一面走到廳上那黃四磕頭起來說銀子一千兩姐夫收了餘者下单找還與老爹有小人一庄事兒令央煩老爹說着磕在地下哭了西門慶拉起來端的有甚麼事你說來黃四道小的外父孫清搭了個夥計馮二在東昌府販綿花不想馮二有個兒子馮淮不守本分要便鎖了門出去宿娼那日把綿花不見了兩大包被小人丈人說了兩句馮二將他兒子打了兩下他兒子就和俺小舅子孫文相厮打揍起來把孫文相牙打落了一個他亦把頭磕傷被客夥中觧勸開了不想他兒子到家遲了半月破傷風身死他

又人。是河西有名土豪白五。綽號白千金專一與強盜作窩主。教唆馮二具狀在巡按衙門。朦朧告下來。批雷兵備老爹問。雷老爹又伺候皇船。不得閑。轉委本府童推官問。白家在童推官處使了錢。教隣勸人供狀。說小人丈人在傍唱聲來。如今童推官行牌來提俺丈人。望乞老爹千萬哀憐。討封書對雷老爹說。寧可監幾日。抽上文書去。還見雷老爹問。就有生路了。他兩人廝打。委的不曾小人丈人事。又係歇後身死。出于保辜限外。先是他父馮二打來。何必獨賴在孫文相一人身上。西門慶看了說帖。寫着東昌府見監犯人孫清。孫文相乞青目。因說雷兵備前日在我這裡吃酒。我只會了一面。又不甚相熟。我怎好寫書與他。那黃四就跪下。哭哭啼啼哀告說老爹若不可憐見小的。

丈人子父兩個就多是死數了。如今隨孫文相頭去罷了。只是分豁小人外父出來。就是老爹莫大之恩。小人外父今年六十歲。家下無人。冬寒時月。再放在監裡就死罷了。西門慶沉吟良久說罷。我轉央鈔關錢老爹和他說說去。與他是同年。多是壬辰進士。那黃四又磕下頭去。向袖中又取出一百石白米帖兒遞與西門慶。腰裡就解兩封銀子來。西門慶不接。說我那裡要你這行錢。黃四道。老爹不稀罕。謝錢。老爹也是一般。西門慶道不打緊。事成我買禮謝他。正說着。只見應伯爵從角門首出來。說哥休替黃四哥說人情。他閒時不燒香。忙時走來抱佛腿。昨日哥這裡念經。連茶兒也不送。也不來走走兒。今日還來說人情。那黃四便與伯爵唱喏。說道好二叔。你老人家殺人哩。我因這件事整走了這半月。誰得閒來。昨日又去府裡與老爹領這銀子。今日李三哥起早打卯去了。我竟來老爹這裡交銀子。就央說此事。救俺丈人。老爹再三不肯收這禮物。還是不下顧小人。伯爵看見是一百兩雪花官銀。放在面前。因問哥你替他去說不說。西門慶道。我與雷兵備不熟。如今又轉央鈔關錢主政替他說去。到明日我買分禮謝老錢就是了。又收他禮做甚麼。伯爵道。哥你這等就不是了。難說他來說人情。哥你賠出禮去謝人。也無此道理。你不收。恰是你嫌少的一般。倒難為他了。你依我收下他這個禮。雖你不稀罕。明日謝錢公。又是一個樣兒。黃四哥在這裡聽着。看你外父和你小舅子造化。這一回求了書去。難得兩個多沒事出來。你老爹。他恒是不稀罕你錢。你老院裡老實大大擺一席酒。請俺每耍一日就是了。黃四道。二叔你老人家費心。小人擺酒。不消。就還教俺丈人買禮來磕頭。酧謝你老人家。不瞞你。我爲他爺見兩個這一場事。晝夜上下替他走踐。還尋不出個門路來。老爹再不可憐怎了。伯爵道。傻瓜。你摟着他女兒。你不替他上緊。誰上緊。黃四道。房下在家只是哭。俺丈人便躲了。家中。連送飯人也沒一個兒。當下西門慶被伯爵說着。把禮帖收了。禮物。還令他拿回去。黃四道。你老人家沒見好大事。這般多計較。就往外走。伯爵道。你過來。我和你說。你書幾時要。黃四道。如今緊等着救命。老爹今日下顧有了書。差下人。明早我使小兒同去走遭。于是央了又央。差那位大官兒去。我會他會。西門慶道。我就替你寫書。因叫過玳安來分付。

你明日就同黃大官一路去。那黃四見了玳安。辭西門慶出門。走到門首。問玳安要盛銀子搭連。玳安進入後邊。月娘房裡。正與玉簫小玉裁衣裳。見玳安站看等要搭連。玉簫道。使着手不得閒騰。教他明日來與他就是了。玳安道。黃四緊等着明日早起身東昌府去。不得來了。你騰騰與他罷。月娘便說。你拿與他就是了。只教人家等着。玉簫道。銀子還在牀地平上。掠着不是。走到裡間把銀子往牀上只一倒。掠出搭連來說。拿去了。怪四根子。那個吃了他這條搭連。只顧立町瞠的要。玳安道。人家不要。那好來後邊取來。于是拿出走到儀門首。還抖出三兩一塊蘇姑頭銀子來。原來紙包破了。怎禁玉簫使性那一倒漏下一塊在搭連底內。玳安道。且喜得我拾個白財。于是褪入袖中。

到前邊迴與黃四搭連約會。下明早起身。且說西門慶回到書房中。即時教溫秀才修了書。付與玳安。不題。一面覷那門外雪紛紛揚揚。猶如風飄柳絮。亂舞梨花相似。西門慶另打開一罈雙料麻姑酒。教春鴻用布甑篩上來。鄭春在傍彈箏低唱。西門慶令他唱一套柳底風微。正唱着只見琴童進來說韓大叔教小的拿了這個帖兒與爹瞧。西門慶看了。分付你就拿往門外任醫官家替他說說去。教他明日到府中承奉處替他說說。註銷差事。琴童道今日晚了。小的明早去罷。西門慶道是了。不一時來安兒用方盒拿了八碗下飯。一碗黃熬山藥鷄。一碗臁子韮。一碗山藥肉圓子。一碗頓爛羊頭。一碗燒猪肉。一碗肚肺羮。一碗血臟湯。一碗牛肚兒。一碗爆炒猪腰子。又是兩大盤玫瑰鷄油湯盪麵蒸餅兒。連陳經濟共四人吃了。西門慶教王經拿盤兒。拿兩碗下飯。一盤點心。與鄭春吃。又賞了他兩大鍾酒。鄭春跪稟。小的吃不的。伯爵道。傻孩兒冷呵呵的。你爹賞你不吃。你哥他怎的吃來。鄭春道。小的哥吃的。小的本吃不的。伯爵道。你吃一鍾罷。那一鍾教王經替你吃。王經道。二爹。小的也吃不的。伯爵道。你這孩兒。你就替他吃些兒也罷。休說一個大分上。自古長者賜。少者不敢辭。一面站起來說。我好歹教你吃這一杯。那王經捏着鼻子。一吸而飲。西門慶道。怪狗材。小行貨子。他吃不的。只恁奈何他。吃還剩下半盞。教春鴻替他吃了。令他上來排手唱南曲。西門慶道。咱每和溫老先兒行個令。飲酒之時。教他唱便有趣。于是教王經取過骰盆兒。就是溫老先兒先起。溫秀才道。學生豈敢僭。還從應老翁來。因問老翁尊號。伯爵道。在下號南坡。西門慶戲道。老先生你不知他家孤老多。到晚夕桶子搬出屎來。不敢在左近倒。恐怕街坊人罵。教丫頭直搬到大南首縣倉墻底下。那裡潑去。因起號叫做南潑。溫秀才笑道。此坡字不同。那潑字乃是點水邊之發。這坡字却是土字傍邊着個皮字。西門慶道。老先兒倒猜的着。他娘子鎮日着皮子纏着哩。溫秀才笑道。豈有此說。伯爵道。葵軒你不知道。他自來有些快傷叔人家。溫秀才道。自古言不褻不笑。伯爵道。老先兒惧了咱每行令。只顧和他說甚麼。他快屎口傷人。你就在手。不勞謙遜。溫秀才道。擲出幾點。不拘詩詞歌賦。要個雪字上。就照依點數兒上說過來。飲一小杯。說不過來吃一大盞。當夜溫秀才擲了個么點。說道學生有了。雪殘鸂鶒亦多時。推過去。該應伯爵行。擲出個五點來。伯爵想了半日。想不起來。說過我老人家命也。良久說道。可怎的也有了。說道雪裡梅花雪裡開。好不好。温秀才道。老翁說差了。犯了兩個雪字。頭上多了一個雪字。伯爵道。頭上只小雪後來下大雪來了。西門慶道。這狗材。单管胡說。教王經。斟上大鍾。春鴻拍手唱南曲駐馬聽。

寒夜無茶。走向前村覓店家。這雪輕飄。僧舍客酒。歌樓遙阻歸槎。江邊乘興探梅花。庭中歡賞燒銀蠟。一望無涯。一望無涯。有似灞橋柳絮滿天飛下。

伯爵纔待拿起酒來吃。只見來安兒後邊拿了幾碟菓食。一碟菓餡餅。一碟頂皮酥。一碟炒栗子。一碟晒乾棗。一碟榛仁。一碟瓜仁。一碟雪梨。一碟蘋波。一碟風菱。一碟荸薺。一碟酥油泡螺。
一碟黑黑的團兒用桔葉裹着。伯爵拈將起來。聞着噴鼻香。吃
到口。猶如飴蜜。細甜美味。不知甚物。西門慶道你猜伯爵道
莫非是糖肥皂。西門慶笑道糖肥皂那有這等好吃。伯爵道。待
要說是梅棱丸。裡面又有胡兒。西門慶道。狗材過來。我說與你
罷。你做夢也夢不着。是昨日小价杭州船上稍來。名喚做衣梅。
都是各樣藥料。用蜜煉製過。滾在楊梅上。外用薄荷桔葉包裹。
纔有這般美味。每日清辰呷一枚在口內。生津補肺。去惡味煞
痰火。解酒尅食。比梅蘇丸甚妙。伯爵道你不說。我怎的曉的。因
說溫老先兒。咱再吃個兒。教王經拿張紙兒來。我包兩丸兒到
家稍與你二娘吃。又拿起泡螺兒來問鄭春。這泡螺果然是你

家月姐親手揀的。那鄭春跪下說。二爹莫不小的敢說謊。不知月姐費了多少心。揀了這幾個兒來供孝順爹。伯爵道。可也虧他。上頭紋溜就相螺螄兒一般。粉紅純白兩樣兒。西門慶道。我兒此物。不免有使傷我心。惟有死了的六娘。他會揀。他沒了。如今家中誰會弄他。伯爵道。我頭裡不說的。我愁甚麼。死了一個女兒。會揀泡螺兒孝順我。如今又鑽出個女兒會揀了。偏你也會尋。尋的。多是妙人兒。西門慶笑的兩眼沒縫兒。赶着伯爵打說。你這狗材。単管只胡說。溫秀才道。二位老先生可謂厚之至極。伯爵道。老先兒你不知。他是你小姪人家。西門慶道。我是他家二十年舊孤老兒了。陳經濟見二人犯言。就起身走了。那溫秀才只是掩口而笑。須臾伯爵飲過大鍾。次該西門慶擲骰兒。

于是擲出個七點來想了半日說我打香羅帶一句唱東君去意切梨花似雪伯爵道你說差了此在第八個字上了且吃一大鍾于是流沿兒斟了一銀衢花鍾放在西門慶面前教春鴻唱說道我的兒你肚子裡棗胡核觧板兒能有幾句兒春鴻又排手唱前腔

四野彤霞回首江山自占涯這雪輕如柳絮細似鵝毛白勝梅花山前曲徑更添滑材中魯酒偏增價疊墜天花疊墜天花濠平瀟滿令人驚訝

看看飲酒至昏掌燭上來西門慶飲過伯爵道姐夫不在温老先生你還該完令這温秀才拿起骰兒擲出個么點想了想見書房墻挂着一幅吊屏泥金書一聯風飄弱柳平橋晚雪點寒

梅小院春說了末後一句伯爵道不筭不筭不是你心上發出
來的該吃一大鍾春鴻斟上那温秀才不勝酒力坐在椅上只
顧打盹起來告辭伯爵只顧留他不住西門慶道罷罷老先兒
他斯文人吃不的令畫童兒你好好送你温師父那邊歇去温
秀才得不的一聲作別去了伯爵道今日葵軒不濟吃了多少
酒兒就醉了于是又飲勾多時伯爵起身說地下黑我也酒勾
了因說哥明日你早教玳安替他下書去西門慶道你不見我
交與他書明日早去了伯爵掀開簾兒見天陰地下滑旋要了
個燈籠和鄭春一路去西門慶又與了鄭春五錢銀子盒內回
了一礶衣梅稍與他姐姐鄭月兒吃臨出門西門慶因戲伯爵
你哥兒兩個好好去伯爵道你多說話父子上山各人努力好

不好。我如今就和鄭月兒那小淫婦兒答話去。說着琴童送出門去了。西門慶看收了家火。扶着來安兒。打燈籠入角門。從潘金蓮門首所過。見角門關着。悄悄就往李瓶兒房門首彈了彈門。有綉春開了門。來安就出去了。西門慶進入明間。見李瓶兒影。問供養了羹飯不曾。如意兒就出來應道。剛纔我和姐供養了。西門慶入房中。椅上坐了。迎春茶來吃了。西門慶令他解衣帶。如意兒就知他在這房裡歇。連忙收拾伸鋪。用湯婆熨的被窩暖洞洞的。打發他歇下。綉春把角門關了。都在明間地平上支着板凳打鋪睡下。西門慶要茶吃。兩個已知科範。連忙攛掇奶子進去和他睡。老婆脫了衣服。鑽入被窩內。西門慶乘酒興服了藥。那話上使了托子。老婆仰臥炕上。架起腿來。極力鼓搗沒高低搧磞。搧磞的老婆舌尖水冷。溼水溢下。口中呼達達不絕。夜靜時分。其聲遠聆數室。西門慶見老婆身上如綿瓜子相似。用一雙胳膊摟着他。令他蹲下身子。在被窩內咂髭鬚。老婆無不曲体承奉。西門慶說我兒。你原來身體皮肉也和你娘一般白淨。我摟着你。就如同和他睡一般。你須用心伏侍我。我看顧你。老婆道爹沒的說。將天比地。折殺奴婢。拿甚麼比娘。奴婢男子漢已沒了。早晚爹不嫌醜陋。只看奴婢一眼兒就勾了。西門慶便問你年紀多少。老婆道。我今年屬兎的。三十一歲了。西門慶道。你原來小我一歲。見他會說話兒。枕上又好風月。早辰起來。老婆先起來伏侍。拿鞋襪。打發梳洗。極盡慇懃。把迎春繡春打靠後。又問西門慶。討葱白紬子。做披襖兒與娘穿孝。西門慶。一一許他教小厮鋪子裡拿三疋葱白紬來。你每一家裁一件。以此見他兩三次打動了心。瞞着月娘背地銀錢衣服首飾甚麼不與他。次日潘金蓮就打聽得知。西門慶在李瓶兒房內和奶子老婆睡了一夜。走到後邊對月娘說。大姐姐你不說他幾句賊沒廉耻貨昨日悄悄鑽到那邊房裡與老婆歇了一夜。餓眼見瓜皮。甚麼行貨子。好的歹的攬搭下。不明不暗到明日弄出個孩子來算誰的。又相來旺兒媳婦子。往後教他上頭上臉。甚麼張致。月娘道。你每只要裁派教我說。他要了死了的媳婦子。你每背地多做好人兒。只把我合在缸底下一般。我如今又做傻子哩。你每說只顧和他說。我是不管你這閑帳。金蓮見月娘這般說。一聲兒不言語。走回房去了。西門慶起早見天晴了。打發玳安往錢主事處下書去了。往衙門回來。平安兒來稟翟爹人來討回書。西門慶打發去訖。因問那人你怎的昨日不來取。那人說小的又往巡撫侯爺那裡下書來。擔閣了兩日。說畢領書出門。西門慶吃了飯。就過對門房子裡。看着兌銀。打包寫書帳。二十四日燒帋。打發夥計崔本來保并後生榮海胡秀五人起身往南邊去。寫了一封書。稍與苗小湖。就寫他重禮。看看過了二十五六。西門慶謝畢孝。一日早辰在上房吃了飯坐的。月娘便說這出月初一日。是喬親家長姐生日。咱也還買分禮兒送了去。常言先親後不改。莫非咱家孩兒沒了。斷了禮不送了。西門慶道怎的不送。于是分付來興買兩隻燒鵝。一副豕蹄。四隻鮮鷄。兩隻燻鴨。一盤壽麵。一套糚花段子衣服。兩方銷金汗巾。一盒花翠。寫帖兒教王經送去。這西門慶分付畢就往前邊花園藏春閣書房中坐的。只見玳安下了書回來回話。說錢老爹見了爹帖子。隨即寫書。差了一吏同小的和黃四兒子。到東昌府兵備道下與雷老爹。老爹旋行牌問童推官催文書。連犯人提上去。從新問理。連他家兒子孫文相都開出來。只追了十兩燒埋錢。問了個不應罪名杖七十。罰贖。復又到鈔關上回了錢老爹話。討了回帖纔來了。西門慶見玳安中用。心中大喜。拆開回帖觀看。原來雷兵備回錢主事帖子。多在裡面上寫道。

來諭悉已處分。但馮二已曾責子在先。何況與孫文相忿毆。彼此俱傷。歇後身死。又在保辜限外。問之抵命。難以平允量

追燒埋錢十兩。給與馮二。相應發落。謹此回覆下書年侍生

雷起元再拜

西門慶看了歡喜。因問黃四舅子在那裡。玳安道。他出來。都往家去了。明日同黃四來。與爹磕頭。黃四丈人與了小的一兩銀子。西門慶分付。置鞋脚穿。玳安磕頭而出。西門慶就掭在牀炕上眠着了。王經在卓上小篆内炷了香。悄悄出來了。良久忽聽有人掀的簾兒响。只見李瓶兒驀地進來。身穿糁紫衫。白絹裙。亂挽烏雲。黃懨懨面容。向牀前叫道。我的哥哥。你在這裡睡哩。奴來見你一面。我被那厮告了我一狀。把我監在獄中。血水淋漓。與穢汚在一處。整受了這些時苦。昨日蒙你堂上說了人情。減了我三等之罪。那厮再三不肯。發恨還要告了來拿你。我待

要不來對你說。誠恐你早晚暗遭他毒手。我今尋安身之處去也。你須防範來。沒事少要在外吃夜酒。往那去。早早來家。千萬牢記。奴言休要忘了。說畢二人抱頭放聲而哭。西門慶便問姐姐。你往那去。對我說。李瓶兒頓脫撒手。却是南柯一夢。西門慶從睡夢中直哭醒來。看見簾影射入書齋。正當卓午。追思起由不的心中痛切。正是花落土埋香不見。鏡空鸞影夢初醒。有詩為証。

殘雪初晴照紙窗　地爐灰燼冷侵牀
個中邂逅相思夢　風撲梅花斗帳香

不想早辰送了喬親家禮。喬大戶娘子。使了喬通來送請帖兒。請月娘眾姊妹。小廝說爹在書房中睡哩。都不敢來問。月娘在後邊會待喬通。潘金蓮說拿帖兒等我問他去。于是驀地進書房。上穿黑青廻紋錦對衿衫兒。泥金眉子。一溜搽五道金。三川鈕扣兒。下着紗裙。內襯潞紬裙。羊皮金滾邊。面前垂一雙合歡鮫綃鸂鶒帶。下邊尖尖趫趫錦紅膝褲。下顯一對金蓮。頭上寶髻雲鬟。打扮如粉粧玉琢。耳邊帶着青寶石墜子。推開書房門見西門慶搵着他一屁股坐在椅子上。說我的兒。獨自個自言自語。在這裡做甚麼。嗔道不見你。原在這裡好睡也。一面說話。口中磕瓜子兒。因問西門慶。眼怎生揉的恁紅紅的。西門慶道。我控着頭睡來。婦人道。倒只相哭的一般。西門慶道。怪奴才。我平白怎的哭。金蓮道。只怕你一時想起甚心上人兒來是的。西門慶道。沒的胡說。有甚心上人。心下人。金蓮道。李瓶兒是心上的。奶子是心下的。俺每是心外的人。入不上數。西門慶道。惟小淫婦兒。又六說白道起來。因問我和你說。正話前日李大姐裝槨。你每替他穿了甚麼衣服在身底下來。金蓮道。你問怎的。西門慶道。不怎的。我問聲兒。金蓮道。你問必有個緣故。上面他穿兩套遍地金段子衣服。底下是白綾襖。黃紬裙。貼身是紫綾小襖。白絹裙。大紅段小衣。西門慶點了點頭兒。金蓮道。你做獸醫二十年。猜不着驢肚裏病。你不想他。問他怎的。西門慶道。我纔方夢見他來。金蓮道。夢是心頭想。噴嚏鼻子癢。饒他死了。你還這等念他。相俺多是可不着你心的人。到明日死了。苦惱也沒那人顯念。此是想的。你這心裡胡油油的。西門慶向前一手摟過他脖子來。就親了個嘴。說怪小油嘴。你有這些賊嘴賊舌的。

金蓮道。我的兒。老娘猜不着你。那黃猫黑尾的心兒。一面把磕了的瓜子仁兒滿口哺與西門慶吃。兩個又咂了一回。舌頭自覺甜唾溶心。脂滿香唇。身邊蘭麝襲人。西門慶于是淫心輙起。摟他在牀上坐。他便仰靠梳背。露出那話來。教婦人品簫。婦人眞個低垂粉項。吞吐裹沒。往來鳴咂有聲。西門慶見他頭上戴金赤虎分心香雲。上圍着翠梅花鈿兒。後鬢上珠翘錯落。興不可遏。正做到美處。忽聽來安兒隔簾說應二爹來了。西門慶道。請進來。慌的婦人沒口子叫來安兒。賊且不要叫他進來。等我出去着。來安兒道。進來了。在小院內。婦人道。還不去教他躲躲兒。那來安兒走去說。二爹且閃閃兒。有人在屋裡。這伯爵便走松墻傍邊看雪培竹子。王經掀着軟簾。只聽裙子响。金蓮一溜

烟後邊走了。正是雪隱鷺鷥飛始見柳藏鸚鵡語方知伯爵進
來。見西門慶唱喏坐下。西門慶道。你連日怎的不來。伯爵道哥
惱的我要不的。在這裡。西門慶問道。又怎的惱。你我告說。伯爵
道。不告你說。緊自家中沒錢。昨日俺房下。那個平白又桶出個
孩兒來。但是人家白日裡還好撾撓。半夜三更。房下又七痛八
病。少不得扒起來。收拾草紙被褥。陸續。看他叫老娘去。打緊應
寶又不在家。俺家兒使了他往庄子上馱草去了。百忙撾不着
個人。我自家打着燈籠叫了巷口兒上鄧老娘來。及至進門。養
下來了。西門慶問養個甚麼。伯爵道。養了個小廝。西門慶罵道。
傻狗材生了兒子倒不好。如何反惱。是春花兒那奴才生的。伯
爵笑道。是你春姨人家。西門慶道。那賊狗攮腿的奴才。誰教你

要他來。吽吽老娘還抱怨。伯爵道。哥你不知冬寒時月。比不的你每有錢的人家。家道又有錢。又有若大前程官職。生個兒子上來。錦上添花。便喜歡。俺如今自家還多着個影兒哩。家中一窩子人口要吃穿盤攪。自這兩日。媒巴劫的魂也沒了。應寶逐日該操。當他的差事去了。家兄那裡是不管的。大小姐便打發出去了。天理在頭上多虧了哥。你眼見的這第二個孩子。又大了。交年便是十三歲。昨日媒人來討帖兒。我說早哩。你且去着緊自焦的魂也沒了。猛可半夜又鑽出這個業障來。那黑天摸地。那裡活變錢去。房下見我抱怨。沒計柰何。把他一根銀插兒與了老娘。發落去了。明日洗三。嚷的人家知道了。到滿月拿甚麼使。到那日我也不在家。信信拖拖。徃那寺院裡且住幾日去。

罷西門慶笑道。你去了。好了和尚却打發來好赶熱被窩兒。你
這狗才。到底占小便益兒。又笑了一回那應伯爵故意把嘴谷
都着不做聲。西門慶道。我的兒不要惱。你用多少銀。一對我說
等我與你處伯爵道。有甚多少。西門慶道。也勾你攪纏是的。到
其間不勾了。又拿衣服當去。伯爵道。哥若肯下顧。二十兩銀子
就勾了。我寫個符兒在此。費煩的哥多了。不好開口的也不敢
嗔數兒。隨哥尊意便了。那西門慶也不接他文約。說沒的扯淡
朋友家什麼符兒。正說着。只見來安兒拿茶進來西門慶叫小
廝。你放下盞兒。喚王經來。不一時。王經來到西門慶分付。你往
後邊對你大娘說。我裡間牀背閣上。有前日巡按宋老爹擺酒
兩封銀子。拿一封來。王經應諾去不多時。拿銀子來。西門慶就

遞與應伯爵說這封五十兩你多拿了使去省的我又拆開他原封未動你打開看看伯爵道忒多了西門慶道多的你收着眼下你二令愛不大了你可也替他做些鞋脚衣裳到滿月也好看伯爵道哥說的是將銀子拆開都是兩司各府傾就分資三兩一定松紋足色滿心歡喜連忙打恭致謝說道哥的盛情誰肯真個不收符兒西門慶道傻孩兒誰和你一般計較左右我是你老爺老娘家不然你但有事來就來纏我這孩子也不是你的孩子自是咱兩個分養的寔和你說過了滿月把春花兒那奴才叫了來且答應我些時兒只當利錢不筭發了眼伯爵道你春姨這兩日瘦的相你娘那樣哩不說兩個在書房中說話伯爵因問黃四丈人那事怎樣了西門慶把𤥨安往返的

事告說了一遍。錢龍野書到雷兵備。旋行牌提了犯人上去。從
新問理。把孫文相父子兩個都開出來了。只認十兩燒埋錢。打
了杖罪沒事了。伯爵道。造化他了。他就點着燈兒。那裡尋這人
情去。你不受他的。乾不受他的。雖然你不希罕。留送錢大人也
好。別要饒了他。教他好歹擺一席大酒。裡邊請俺每坐一坐。你
不說。等我和他說。饒了他小舅一個死罪。當別的小可事兒。這
裡說話。且說月娘在上房拿銀子與王經出來。只見孟玉樓走
入房來。說他兄弟孟銳。在韓姨夫那裡。如今不久又起身。往川
廣販雜貨去。今來辭辭他爹。在我屋裡坐着哩。爹在那裡。姐姐
使個小廝對他爹說聲兒。月娘道。他在花園書房和應二坐着
哩。又說請他爹哩。頭裡潘六姐倒請的好。他爹喬通送帖兒來

等着問他爹去。就討他個話兒。到明日咱毎好收拾了去。我便把喬通留下。打發吃茶。長等短等。不見來。熬的喬通也去了。半日只見他從前邊走將來。教我問他。你對他說了不曾。他沒的話說。嘰我就忘了。和他說一回。應二來了。我就出來了。誰得久停久住。和他說話來。帖子還袖在袖子裡。交我說脆幫根兒吱。早是沒甚緊勾當。教人只顧等着。你原來恁個沒尾八行貨子。不知在前頭幹甚麽營生。那半日纔進來。恰好還不曾說。乞我訌了兩句。徃前去了。少頃來安進來。月娘使他請西門慶。說孟二舅來了。西門慶便起身留伯爵。你休去了。我就來。走到後邊月娘先把喬家送帖來請說了。西門慶說那日只你一人去罷。熱孝在身。莫不一家子都出來。月娘說他孟二舅來辭辭你。一兩日起身往川廣去也在那邊屋裡坐着哩。又問頭裡你要那封銀子與誰。西門慶悉把應二哥房裡春花兒昨晚生了個兒子。問我借幾兩銀子使。告我說。他第二個女兒又大。愁的要不的。借助幾兩銀子使罷了。月娘道。好好。他恁大年紀。也纔見這個兒子。應二嫂不知怎的喜歡哩。到明日。咱也少不的送些粥米兒與他。西門慶道。這個不消說。到滿月。不要饒花子。奈何他好歹發帖兒請你們。往他家走走去。就瞧瞧春花兒怎麽模樣。月娘笑道。左右和你家一般樣兒。也有鼻兒。有眼兒。莫非别些兒。一面使來安下邊請孟二舅來。不一時。玉樓同他兄弟來拜見。叙禮已畢。西門慶陪他叙了回話。讓至前邊書房內與伯爵相見。分付小厮後邊看菜兒。于是放卓兒篩酒上來。三人飲酒。

西門慶教再取雙鍾筯。對門請温師父。陪你二舅坐。來安不一時回說。温師父不在。望倪師父去了。西門慶說。請你姐夫來坐坐。良久陳經濟來。與二舅見了禮。打橫坐下。西門慶問二舅幾時起身去。多少時。孟銳道。出月初二日准起身。定不的年歲還到荆州買紙。川廣販香蠟。着緊一二年也不止。販畢貨。就來家了。此去從河南陝西漢州去。回來打水路從峽江荆州那條路來。往回七八千里地。伯爵問二舅貴庚多少。孟銳道。在下虛度二十六歲。伯爵道。虧你年小小的。曉的這許多江湖道路。似俺每虛老了。只在家裡坐着。須臾添換上來。杯盤羅列。孟二舅吃至日西時分。告辭去了。西門慶送了回來。還和伯爵吃了一回。只見買了兩座等庫來。西門慶交付陳經濟裝庫。問月娘尋出李瓶兩套錦衣攬金銀錢紙裝在庫內因向伯爵說今日是他六七不念經替他燒座庫兒伯爵道好快光陰嫂子又早沒了個半月了西門慶道這出月初五日是他斷七少不的替他念個經兒伯爵道這遭哥念佛經罷了西門慶道大房下說他在時因生小兒許了些血盆經懺許下家中走的兩個女僧做首座請幾衆尼僧替他禮拜幾卷懺兒說畢伯爵見天晚說道我去罷只怕你與嫂子燒紙又深深打恭說蒙哥厚情死生難忘西門慶道難忘不難忘我兒你休推夢裡睡哩你衆娘到滿月那日買禮多要去哩伯爵道又買禮做甚我就頭着地好歹請衆嫂子到寒家光降光降西門慶道到那日好歹把春花兒那奴才收拾起來牽了來我瞧瞧伯爵道你春姨他說來有了兒

子。不用着你了。西門慶道。別要慌。我見了那奴才。和他答話。伯爵伴長笑的去了。西門慶。令小厮收了家火。走到李瓶兒房裡。陳經濟和玳安已把庫裳封停當。那日玉皇廟。永福寺。報恩寺。多送疏道家是寶肅昭成眞君像佛家是冥府第六殿變成大王門外花大舅家。送了一盒担食。十分冥紙吳大舅子家也是如此。西門慶。看着迎春。擺設羹飯完備。下出匾食來。點上香燭使綉春請了後邊吳月娘衆人來。西門慶與李瓶兒燒了乘。擡出庫去。教經濟看着大門首焚化。不在話下。正是

芳魂料不隨灰死　再結來生未了緣

畢竟未知後來如何且聽下回分解

金瓶梅

第六十八回

應伯爵戲銜玉臂

聯經出版事業公司
影印版

玳安兒密訪蜂媒

第六十八回

鄭月兒賣俏透密意　玳安慇懃尋文嫂

雪壓殘紅一夜凋　曉來簾外正飄飄
數枝翠葉空相對　萬片香魂不可招
長樂夢回春寂寂　武陵人去水迢迢
欲將玉笛傳遺恨　若被東風透綺寮

話說西門慶與李瓶兒燒帋帋。歸潘金蓮房中歇了一夜。到次日。先是應伯爵家送喜麪來。落後黃四領他小舅子。孫文相。宰了一口猪。一罎酒。兩隻燒鵝。四隻燒鷄。兩盒菓子。來與西門慶磕頭。西門慶再三不受。黃四打旋磨兒跪着說。蒙老爹活命之恩。救出孫文相來。舉家感激不淺。今無甚孝順。此些微薄禮與老爹賞人罷了。如何不受推阻了半日西門慶。止受猪酒。留下送你錢老爹也是一樣。黃四道。既是如此。難爲小人。一點窮心。無處所盡。只得把羨菓擡回去。又請問老爹。幾時閑暇。小人問了應二叔。裡邊請老爹坐坐。西門慶道。你休聽他哄你哩。又費煩你。不如不年下了。那黃四和他小舅子。千恩萬謝出門。這裡西門慶賞拾盒錢。打發去訖。到十一月初一日。西門慶往衙門中回來。又往李知縣衙內吃酒去。月娘獨自一人。素粧打扮。坐轎子。往喬大户家。與長姐做生日。都不在家。到後聊有庵裡薛姑子聽見月娘。許下他到初五日李瓶兒斷七。教他請八衆尼僧。來家念經。拜血盆懺。于是悄悄瞞着王姑子。買了兩盒禮物。來見月娘。月娘不在家。李嬌兒。孟玉樓。留下他陪他吃茶。說大姐姐不在家。往喬親家與長姐做生日去了。你須等他來見他。他還和你說話。好與你寫法銀子。那薛姑子就坐住了。潘金蓮因想着玉蕭告他說。月娘吃了他的符水藥。纔坐了胎氣。自從李瓶兒死了。又見西門慶在他屋裡。把奶子也要了。恐怕一時奶子養出孩子來。攙奪了他寵愛。于是把薛姑子。讓到前邊他房裡無人處。悄悄央薛姑子。與他一兩銀子。替他配坐胎氣符藥吃。尋頭男衣胞不在話下。到晚夕等的月娘來家。留他住了一夜。次日問西門慶討了五兩銀子。經錢寫法與他。這薛姑子就瞞着王姑子。大師父。不和他說。到初五日早請了八衆女僧。在花園捲棚內。建立道場。各門上貼歡門吊子。諷誦華嚴金剛經呪。禮拜血盆寶懺。洒花米轉念三十五佛明經。晚夕設放焰口

施食那日請了吳大妗子花大嫂官客吳大舅應伯爵溫秀才
吃齋尼僧也不打動法事只是敲木魚擊手磬念經而已那日
伯爵領了黃四家人具帖初七日在院中和愛月兒家置酒請
西門慶西門慶見帖兒笑了說我初七日不得閒張西材家吃生
日酒倒是明日空閒問還有誰伯爵道再沒人只請了我李三
哥相陪又費事叫了四個女兒唱西廂記西門慶分付與黃四
家人齋吃了打發回去伯爵便問黃四那日買了分甚麼禮來
謝你西門慶如此這般我不受他的再三磕頭禮拜我只受了
豬酒添了兩疋白鵰紵絲兩疋京段五十兩銀子謝了龍野錢
先生伯爵道哥你不接錢儘勾了這個是你落得的少說四疋
尺頭值三十兩銀子那二十兩那裡尋這分上去便盖了他救

了他父子二人性命。當日坐至晚夕方散。西門慶向伯爵說。你明日還到這邊。伯爵說。我知道。作別去了。入衆尼僧。直亂到一更天時分方纔道場圓滿。焚燒箱庫散了。至次日西門慶早往衙門中去了。且說王姑子。打聽得知。大清早辰。走來西門慶家。說薛姑子攬了經去。要經錢。月娘恠他你怎的昨日不來。他說你往王皇親家做生日去了。王姑子道。這個就是薛家老淫婦的鬼。他對着我說。咱家挪了日子。到初六念經。經錢他多拿的去了。一些兒不留下。月娘道。這咱裡未曾念經。經錢寫法。都找完了。與他了。早是我還與你留下一疋襯錢布在此。教小玉連忙擺了些昨日剩下的齋食與他吃了。把與他一疋藍布。這王姑子。口裡喃喃吶吶罵道。我教這老淫婦獨吃。他印造經。轉了六娘許多銀子原說這個經兒咱兩個使你又獨自掉攢的去了月娘道老薛說你接了六娘血盆經五兩銀子你怎的不替他念王姑子道他老人家五七時我在家請了四位師父念了半個月哩月娘道你念了怎的挂口兒不對我題你就對我說我還迸些襯施兒與你那王姑子便一聲兒不言語訕訕的坐了一回往薛姑子家攘去了看官聽說似這樣緇流之輩最不該招惹他臉雖是尼姑臉心同淫婦心只是他六根未淨本性欠明戒行全無廉耻已喪假以慈悲爲主一味利慾是貪不曾墮業輪迴一味眼下快樂哄了些小門閨怨女念了些大戶動情妻前門接施主檀那後門丟胎卵濕化姻緣成好事到此會佳期有詩爲証

佛會僧尼是一家　法輪常轉度龍華
此物只好圖生育　枉使金刀剪落花

却說西門慶從衙門中回來。吃了飯。應伯爵又早到了。盔的新段帽。沉香色旋褶。粉底皂靴。向西門慶聲喏。說這天也有晌午。咱也好去了。他那裡使人邀了好幾遍了。休要難爲人家。西門慶道。咱今邀葵軒走走。使王經往對過請你温師父來。王經去不多時。回說温師父不在家。望朋友去了。畫童兒請去了。伯爵便說。咱等不的。他秀才家。赤道有要沒緊望朋友。多咱來。倒沒的悞了勾當。西門慶分付琴童備黃馬與應二爹騎。伯爵道。我不騎。你依我省的搖鈴打鼓。我先走一步兒。你坐轎子慢慢來就是了。西門慶道。你說的是。你先行罷。那伯爵舉手先走了。西

門慶分付玳安琴童四個排軍收拾下暖轎跟隨纔待出門忽
平安兒慌慌張張從外拿着雙帖兒來報說工部安老爹來拜
先差了個吏送帖兒後邊走着便來也慌的西門慶分付家中
厨下看飯使來與兒買攢盤點心伺候良久安郎中來跟從許
多人西門慶冠冕出來迎接安郎中穿着粧花雲鷺補子員領
起花萌金帶進門拜畢分賓主坐定左右拿茶上來茶罷叙其
闊濶之情西門慶道老先生榮擢失賀心甚缺然前日蒙賜華
扎厚儀生正值喪事匆匆未及奉候起居爲歉安郎中道學生
有失吊問罪罪生到京也曾道達雲峯未知可有禮到否西門
慶道正是又承翟親家遠勞致賻安郎中道四泉已定今歲恭
喜在即西門慶道在下才微任小豈敢過于非望又說老先生

安生全沒志氣
尚愧科甲多矣

此今榮擢美差。足展雄才大畧。河治之功。天下所仰。安郎中道。蒙四泉過譽。一介寒儒。叨承科甲。處在下僚。若非蔡老先生擡舉。備員冬曹。謬典水利。奔來湖湘之間。一年以來。王事匆匆。不暇安跡。今又承命。修理河道。況此民窮財盡之時。前者皇船載運花石。毀閘折壩。所過倒懸。公私困弊之極。而今瓜州南旺。沽頭魚臺。徐沛呂梁。安陵濟寧。宿遷臨清。新河一帶。皆毀壞廢北南河南。陡淤沙無水。八府之民。皆疲弊之甚。又兼賊盜梗阻。財用匱乏。大覃神輸鬼沒之才。亦無如之何矣。西門慶道。老先生自有才猷展布。不日就緒。必大陞擢矣。因問老先生勅書上有期限否。安郎中道。三年欽限。河工完畢。聖上還要差官來祭謝河神。說話中間。西門慶令放卓兒。安郎中道。學生實告。還要往黃泰宇那裡拜拜去。西門慶道。既如此。少坐片時。教跟從者吃些點心。不一時。放了卓。就是春盛案酒。一色十六碗。多是頓爛下飯。雞蹄鵝鴨。鮮魚羊頭。肚肺血臟。鮮湯之類。純白上新軟稻粳飯。用銀廂甌兒。盛着裡面。沙糖榛松瓜仁拌着飯。又小金鍾暇斟來釀。下人俱有攢盤點心酒肉。安郎中席間。只吃了三鍾。就告辭起身。說學生容日再來請教。西門慶欵留不住。送至大門首。上轎而去。回到廳上。解去了冠帶。換了巾幘。止穿紫絨獅補直身。使人問溫師父來了不曾。玳安回說。溫師父未回家哩。有鄭春和黃四叔家。來定兒來邀。在這裡半日了。西門慶即出門上轎。左右跟隨。逕往院中。鄭愛月兒家來。比及進院門。架兒門頭都躲過一邊。只該日排長兩邊站立。不敢跪接。鄭春與來定兒先通報去了。應伯爵正和李三打雙陸。聽見西門慶來。連忙收拾不及。鄭愛月兒。愛香兒。戴着海獺臥兔兒。一窩來杭州攢翠重梅鈿。兒油頭粉面。打扮的花仙也似的。都出來門首。迎接西門慶下了轎。進入客位內。西門慶分付不消吹打。止住鼓樂。先是李三黃四兒畢禮數。然後鄭家鴇子出來拜見了。纔是愛月兒姊妹兩個插燭也似磕了頭。正面安設兩張交椅。西門慶與應伯爵坐下。李智黃四與鄭家姊妹兩個打橫。玳安在傍稟問。轎子在這裡。回了家去。西門慶令排軍和轎子多回去。分付琴童到家。看你溫師父家裡來了。拿黃馬接了來。琴童應諾去了。伯爵因問。哥怎的這半日纔來。西門慶悉把工部安郎中來拜留飯之事。說了一遍。須臾鄭春拿茶上來。愛香兒拿了一盞遞與伯爵。愛月兒便遞西門慶。那伯爵連忙用手去接。說我錯接。只說你遞與我來。愛月兒道。我遞與你。沒修這樣福來。伯爵道。你看這小淫婦兒。原來只認的他家漢子。倒把客人不着在意裡。愛月兒笑道。今日輪不着你做客人。還有客人來。吃畢茶。收下盞托去。須臾四個唱的西廂。妓女多花枝招颭綉帶飄飄出來。與西門慶磕頭。一一多問了名姓。西門慶對黄四說。等住回上來唱。只打鼓兒。不吹打罷。黄四道。小人知道。只見鴇子上來說。只怕老爹害冷。教鄭春放下暖簾來。火盆獸炭。頻加蘭麝香霞。只見幾個青衣圓社。聽見西門慶老爹進來。在鄭家吃酒。走來門首伺候探頭舒腦。不敢進去。有認的玳安兒。向玳安打恭。央及作成作成。玳安悄悄進來。替他禀問。被西門慶喝了一聲說的衆人一溜烟走了。不一時收拾菓品案酒上來。正面放兩張卓席。西門慶獨自一席。伯爵與溫秀才一席。留空着溫秀才坐位在左首。傍邊一席。李三和黃四。右邊是他姊妹二人。端的盤堆異品。花揷金瓶。鄭奉鄭春在傍彈唱。纔遞酒安席坐下。只見溫秀才到了。頭戴過橋巾。身穿綠雲襖。脚穿雲履絨襪。進門作揖。伯爵道。老先生何來遲也。留席久矣。溫秀才道。學生有罪。不知老先生呼喚。適往敝同窓處會書來。遲了一步。慌的黃四一面安放鍾筯。與伯爵一處坐下。不一時。湯飯上來。黃芽韭燒賣八寶攢湯。薑醋碟兒。兩個小優兒彈唱一回下去。端的酒斟綠蟻。詞歌金縷。四個妓女纔上來。唱了一摺游藝中原。只見玳安來說。後邊銀姨那裡使了吳會和蠟梅送茶來了。原來吳銀兒。就在鄭家後邊住。止隔一條巷。聽見西門慶在這裡吃酒。故使送茶。西門慶喚入裡面。吳惠蠟梅先磕了頭。說銀姐使我送茶來與爹吃。揭開盒兒。斟茶上去。每人一盞瓜仁栗絲鹽笋芝蔴玫瑰香茶。西門慶問銀兒在家做甚麼哩。臘梅道姐兒今日在家沒出門。西門慶吃了茶。賞了他兩個三錢銀子。即令玳安同吳惠。你快請銀姨去。鄭愛月兒急俐便。就教鄭春你也跟了去。好歹纏了銀姨來。他若不來。你就說我到明日。就不和他做夥計了。應伯爵道我倒好笑。你兩個原來是販毬的夥計。溫秀才道。南老好不近人情。自古同聲相應。同氣相求。本乎天者親上。本乎地者親下。同他做夥計一般了。愛月兒道。應花子你與鄭春他們多是夥計。當差供唱。都在一處。伯爵道。傻孩子我是老王八。那咱和你媽相交。你還在肚子裡。說笑中間。厨下割獻豕蹄一領。又是四碗下飯。羊蹄黄芽臊子韮肚肺羹血臟之類。妓女上來唱了一套。半萬賊兵。西門慶叫上唱鶯鶯的韓家女兒近前問。你是韓家的愛香兒。說爹你不認的。他是韓金釧侄女兒小名消愁兒。今年纔十三歲。西門慶道。這孩子到明日成個好婦人兒。舉止伶俐。又唱的好。因令他上席遞酒。黄四下湯下飯。極盡慇懃。不一時。吳銀兒來到。頭上戴着白縐紗鬏髻。珠子箍兒。翠雲鈿兒。周圍撇一溜小簪兒。耳邊戴着金丁香兒。上穿白綾對衿袄兒。粧花眉子。下着紗綠潞紬裙。羊皮金滚邊。脚上墨青素段雲頭鞋兒。笑嘻嘻進門。向西門慶磕了頭。後與溫秀才等。各位多道了萬福。伯爵道。我倒好笑了。來到就教我惹氣。俺每是後娘養的。只認的你爹。與他磕頭。望着俺每擩一拜。原來你這麗春院小娘兒。這等欺客。我若有五棍兒衙門定不饒你。愛月兒叫應花子。好沒羞的孩兒。那裡哥兒你行頭不仔麼光。一味好撇。一面安座兒。讓銀姐坐。就在西門慶卓邊坐下。連忙放鍾筯。西門慶見了。戴着白鬏髻。問你戴的誰人孝。吳銀兒道。爹故意又問個兒。與娘戴孝一向了。西門慶一聞與李瓶兒戴孝。不覺滿心歡喜。與他側席而坐。兩個說話。須臾湯飯上來。愛月兒下來與他遞酒。吳銀兒下席。說我還沒見鄭媽哩。一面走到鴇子房內。見了禮出來。鴇子叫月娘讓銀姐坐。只怕冷。教丫頭燒個火籠兒。與銀姐烤手兒。隨即添換熱菜。打發上來。吳銀兒在傍。只吃了半個點心。呵了兩口湯。放下筯兒。和西門慶攀話。因拿起鍾兒來。說爹這酒寒些。從新折了。另換上暖酒。鄭春上來把伯爵衆人等酒都斟上行過一巡。吳銀兒便問娘前日斷七念經來。西門慶道。五七多謝你每茶。吳銀姐道好說俺每送了些粗茶。倒教爹又把人情回了。又多謝重禮。教媽惶恐要不的。昨日娘斷七。我會下月娘和桂姐也要送茶來。又不知宅內念經不念。西門慶道。斷七那日胡亂請了幾衆女僧在家拜了拜懺。親眷一個都沒請。恐怕費煩。飲酒說話之間。吳銀兒又問。家中大娘衆娘每多好。西門慶道。都好。吳銀兒道。爹乍沒了娘。到房裡孤孤兒的。心中也想。西門道。想是不消說。前日在書房中。白日要見他哭的我要不的。吳銀兒道。熱突突沒了。可知想哩。伯爵道。你每說的只情說。把俺每這裡只顧旱着。

不說來遞鍾酒。也唱個兒與俺聽。俺每起身去罷。慌的李三黃四。連忙攛掇他姐兒兩個上來遞酒。安下樂器。吳銀兒也上來三個粉頭一般兒坐在席傍。躧着火盆。合着聲音。啟朱唇。露皓齒。詞出佳人口。唱了套中呂粉蝶兒。三弄梅花。端的有裂石流雲之响。唱畢。西門慶向伯爵說。你落索他姐兒三個唱。你也下來酧他一杯兒。伯爵道。不打緊。死不了人。等我打發他仰靠着。直舒着。側卧着。金鷄獨立。隨我受用。又一件。野馬跦塲。野狐抽絲。猿猴獻菓。黃狗溺尿。仙人指路。鼻背將軍。柱夜對木。伴哥隨他揀着要。愛香道。我不好罵出來的。汗邪了你。這賊花子。胡說亂道的。這應伯爵。用酒碟安三個鍾兒。說我兒。你們在我手裡吃兩鍾。不吃。望身上只一潑。愛香道。我今日忌酒。愛月兒道。你跪着。月姨兒教我打個嘴巴兒。我纔吃伯爵道。銀姐你怎的說。吳銀兒道。二爹我今日心內不自在。吃半盞兒罷。那愛月兒道。花子你不跪我一百年也不吃。黃四道。二爺你不跪顯的不是趣人。也罷。跪着不打罷。愛月兒道。不。他只教我打兩個嘴巴兒。我方吃這鍾酒兒。伯爵道。溫老先兒在這裡看着。怪小淫婦兒。只顧趕盡殺絕。于是奈何不過。眞個直撅兒跪在地下。那愛月兒輕揎彩袖。款露春纖。罵道。賊花子。再敢無禮傷犯月姨兒再不敢高聲兒答應。你不答應。我也不吃。那伯爵無法可處。只得應聲道。再不敢傷犯月姨了。這愛月兒一連打了兩個嘴巴。方纔吃那杯酒。伯爵起來道。好個沒仁義的小淫婦兒。你也剩一口兒我吃。把一鍾酒都吃的淨淨兒的。愛月兒道。你跪下等我賞你一鍾酒。于是滿滿斟上一杯。笑望伯爵口裡只一灌。伯爵道。怪小淫婦兒。使促挾灌撒了我一身酒。我老道。只這件衣服新穿了。纔頭一日兒就汚濁了我的。我問你家漢子要。亂了一回。各歸席上坐定。看看天色掌燭上來。下飯添換都巳上完。下邊玳安琴童畫童應寶。都在捣子房裡放卓兒。有湯飯點心酒餚胥待。須臾拿上各樣菓碟兒來。那伯爵推讓温秀才。只顧不住手拈放在口裡。一壁又往袖中褪。西門慶分付個骰盆兒來。先讓温秀才。秀才道。豈有此理。還從老先兒那邊來。于是西門慶與吳銀兒。用十二個骰兒搶紅。下邊四個妓女。拿樂器彈唱。叫呀。酒飲過一巡。吳銀兒却轉過來。與温秀才伯爵搶紅。愛香兒却來西門慶席上遞酒猜枚。須臾過去。愛月兒近前與西門慶搶紅。吳銀兒却往下席遞李三黃四酒。原來愛月兒旋往房中。新粧打扮出來。上着烟裡火廻紋錦對衿袄兒鵝黃杭絹點翠縷金裙。粧花膝褲。大紅鳳嘴鞋兒燈下海獺臥兎兒越顯的粉濃濃雪白的臉兒。猶賽美人兒一般但見

芳姿麗質更妖嬈　秋水精神瑞雪標
鳳目半彎藏琥珀　朱唇一顆點櫻桃
露來玉笋纖纖細　行步金蓮步步嬌
白玉生香花解語　千金良夜寔難消

這西門慶一見如何不愛吃了幾鍾酒半酣上來。因想着李瓶兒夢中之言。少貪在外夜飲。一面起身後邊淨手慌的揭子連忙叫了鬟點燈引到後邊解手出來。愛月隨即也跟來伺候。盆

中淨手畢。拉着他手兒同到房中。房中又早月窗半啟。銀燭高
燒。氣暖如春。蘭麝馥郁。牀畔則斗帳雲橫。鮫綃霧設。于是脫了
上蓋底下白綾道袍。兩個在牀上。腿壓腿兒做一處。先是愛月
兒問爹。今日不家去罷了。西門慶道。我還去。今日一者銀兒在
這裡。不好意思。二者我居着官。今年考察在邇。恐惹是非。只是
白日來和你坐坐罷了。又說前日多謝你泡螺兒。你送了去。倒
惹的我心酸了半日。當初有過世六娘。他會揀。他死了。家中再
有誰會揀他。愛月道。揀他不難。只是要拿的着禁節兒便好。那
日我胡亂整治了不多兒。知道爹好吃。教鄭春送來。那瓜仁都
是我口裡一個個兒磕的。汗巾兒是我閑着用工夫撮的穗子。
瓜仁子。說應花子倒撾了好些吃了。西門慶道。你問那訕臉花

子頭。我見他早時兩把撾去。喃了好些。只剩下設爹我吃了。愛月兒道。倒便益了賊花子。恰好只孝順了他。又說多謝爹的衣梅。媽看見吃了一個兒。喜歡的要不的。他要便痰火發了。晚夕咳嗽。半夜把人聒死了。常時口乾得恁一個在口內噙着他。倒生好些津液。我和俺姐姐吃了。沒多幾個兒連罐兒他老人家都收了在房內。早晚吃。誰敢動他。西門慶道。不打緊。我明日使小廝再送一罐來你吃。又問爹連日會桂姐來沒有。西門慶道。自從孝堂裡到如今。誰見他來。愛月兒道。六娘五七他也送茶去來。西門慶道。他家使李銘送去來。愛月道。我有句話兒只放在爹心裡。西門慶問甚麼話。那愛月又想了想。說我不說罷若說了。顯得姊妹們。恰似我背地說他一般。不好意思的。西門慶一面摟着他脖子。說怪小油觜兒甚麼話說與我不顯出你來就是了。兩個正說得入港。猛然應伯爵走入來。大叫一聲你兩個好人兒撇了俺每。走在這裡說梯己話兒愛月兒道。㦬好個不得人意怪訕臉花子。猛可走來。諕了人恁一跳西門慶罵怪狗才。前邊去罷。丟的葵軒和銀姐在那裡。都往後頭來了。這伯爵。一屁股坐在牀上說你拿胳膊來。我且咬口兒。我纔去。你兩個在這裡儘着合搗。于是不由分說向愛月兒袖口邊勒出那賽鵝脂雪白的手腕兒來。帶着銀鐲子。猶若美玉尖溜溜十指春葱手。上籠着金戒指兒誇道我兒你這兩隻手兒天生下就是發髩髮的肥一般愛月兒道。怪刀攮的。我不好罵出來的。被伯爵拉過來。咬了一口走了。咬的老婆怪叫罵怪花子平白進

來鬼混人死了。便叫桃花兒你看他出去了。把籠道子門關一

面關上門。愛月便把李桂姐如今又和王三官兒子女一節說

與西門慶。怎的有孫寡嘴。祝麻子小張閑架兒于是孫錫鉞踢

行頭白回子。沙三。日逐標着。在他家行走。如今丟開齊香兒。又

和王家王芝見打熱。兩下裡使錢使沒了。包了皮襖。當了三十

兩銀子。拿着他娘子兒一副金鐲子。放在李桂姐家。筭了一個

月歇錢。西門慶聽了口中罵道。恁小淫婦兒。我分付休和這小

厮纏他不聽。還對着我賭身發咒。恰好只哄我。愛月兒道。爹也

別要惱。我說與爹個門路兒。管情教王三官打了嘴替爹出氣

西門慶把他摟在懷裡。用白綾袖子。兜着他粉項。揾着他香腮

他便一手拿着銅絲火籠兒內燒着沉速香餅兒。將袖口籠着

燻鬏身上便道我說與爹休教一人知道就是應花子也休望他題只怕走了風西門慶問我的兒你告我說我傻了肯教人知道端的甚門路兒鄭愛月悉把王三官娘林太太今年不上四十歲生的好不喬樣描眉畫眼打扮狐狸也似他兒子鎮日在院裡他專在家只送外賣假托在個姑姑庵兒打齋但去就他說媒的文嫂兒家落腳文嫂兒单管與他做牽兒只說好風月我說與爹到明日遇他遇兒也不難又一個巧宗兒王三官兒娘子兒今纔十九歲是東京六黃太尉姪女兒上畫般標致雙陸棋子都會三官常不在家他如同守寡一般好不氣生氣死為他也上了兩三遭吊救下來了爹難得先刮剌上了他娘不愁媳婦兒不是你的當下被他一席話說的西門慶心邪意

亂。摟着粉頭說我的親親。我又問你怎的曉的就裡這愛月兒就不說常在他家唱。只說我一個熟人兒如此這般和他娘在其處會過一遍。也是文嫂兒說合。西門慶問那人是誰。莫不是大街坊張大戶姪兒。張二官兒。愛月兒道。那張懋德兒好合的貨。麻着七八個臉彈子。密縫兩個眼。可不砢硶殺我罷了。只好樊家百家奴兒接他一向。董金兒也與他丁八了。西門慶道我猜不着端的是誰。愛月兒道。教爹得知了罷。是原梳籠我的那個南人。他一年來此做買賣兩遭。正經他在裡邊歇不的一兩夜。倒只在外邊常和人家偷猫遞狗。幹此勾當。這西門慶聽了。見粉頭所事。合着他的板眼。亦發歡喜說我兒。你既貼戀我心。每日我送三十兩銀子與你媽盤纏。也不消接人了。我遇閒就來。愛月兒道。爹你有我心時。甚麽三十兩。二十兩。兩月間掠幾兩銀子與媽。我自恁懶待留人。只是伺候爹罷了。西門慶道甚麽話。我決然送三十兩銀子來。說畢。兩個上牀交歡。牀上鋪的被褥約一尺高。愛月道爹脫衣裳不脫。西門慶道咱連衣要耍罷。只怕他們前邊等咱。一面扯過夏枕來。粉頭解去下衣。仰臥枕畔裡面。穿着紅潞紬底衣。褪下一隻膝褲腿來。這西門慶把他兩隻小小金蓮。扛在肩頭上。解開藍綾褲子。那話使上托子。但見花心輕折。柳腰欵擺。正是花嫩不禁揉。春風卒未休。花心猶未足。脉脉情無那。低低喚粉郎。春宵樂未央。那當下兩個至精欲洩之際。西門慶幹的氣喘吁吁。粉頭嬌聲不絕。鬓雲拖枕。滿口只教道親達達。慢着些兒。良久樂極情濃。一泄如注。雲收

再散。各整衣裙。于燈下照鏡理容。西門慶在床前盆中淨手。着
上衣服。兩個携手來到席上。吳銀兒便守着。對愛香兒挨近。癸
軒正擲色猜枚。觥籌交錯。要在熱鬧處。衆人見西門慶進入。多
立起身來讓坐。伯爵道。你也下般的把俺每去在這。你纔出來。
拿酒兒。且扶扶頭着。西門慶道。俺每說句話兒有甚這閑勾當。
伯爵道。好話你兩個原來說梯巳話兒。當下伯爵拿大鍾斟上
暖酒。衆人陪西門慶吃。四個妓女。拿樂器彈唱。玳安在傍掩口
說道。轎子來了。西門慶努了個嘴兒與他。那玳安連忙分付排
軍。打起燈籠。外邊伺候。這西門慶也不坐。陪衆人執杯立飲。分
付四個妓女。你再唱個一見嬌羞。我聽那韓愁消兒俺每會唱。
于是拿起琵琶來。款放嬌聲。拿腔唱道。

一見嬌羞。雨意雲情。我見他千嬌百媚。萬種妖嬈。一捻温柔。通書先把話兒勾。傳情暗裡秋波溜。記在心頭。心頭未審。何時成就。

唱了一個詞兒。吳銀兒遞西門慶酒。鄭香兒便遞伯爵。愛兒奉温秀才。李智黃四都斟上。又唱道。

問不了鬢。欲鑄黃金拜將壇。莫遞明曉寄與書生。雲雨巫山重門今夜未曾拴。深閨特把情郎盼。夜靜更闌更闌。偷花妙手今番難按。

吃畢。西門慶令再斟上。鄭香兒上來遞西門慶。吳銀兒遞温秀才。愛月兒遞伯爵。鄭春在傍捧着菓菜兒。又唱道。

夢入高堂。相會風流窈窕娘。我與他同攜素手。共入羅幃。未

結鸞鳳。靈犀一點透膏肓。鮫綃帳底翻紅浪。粉汗凝香。凝香

今宵一刻。人間天上。

唱畢。又吽呀酒。愛月兒却轉過捧西門慶酒。吳銀兒遞伯爵。愛香兒遞溫秀才。并李三黃四。從新斟酒。又唱第四個。

春暖芙蓉。鬓亂釵橫寶髻鬆。我爲他香嬌玉軟。燕侶鶯儔。意美情濃。腰肢無力眼朦朧。深情自把眉兒縱。兩意相同。相同

百年恩愛和偕鸞鳳。

唱畢。都飲過。西門慶起身。一面令玳安向書袋內。取出大小十一包。賞賜來。四個妓女。每人三錢。吽上厨役賞了五錢。吳惠鄭奉鄭春。每人三錢。擡搬打茶的。每人二錢。丫頭桃花兒也與了他三錢。俱磕頭謝了。黃四再三不肯放。道道應二叔你老人家

說聲。天還早哩。老爹大坐坐。也盡小人之情。如何就要起身。我的月姨兒你也留留兒。愛月兒道。我留他。他白不肯坐。西門慶道。你每不知。我明日還有事。一面向黃四李三作揖。道。生受打攪。黃四道。惶恐。沒的請老爹來受餓。又不肯久坐。還是小人沒敬心。說着三個唱的都磕頭。說道。爹到家。多頂上大娘和衆娘們。俺每閑了。會了銀姐。往宅內看看大娘去。西門慶道。你每閒了去。坐上一日來。一面掌起燈籠。西門慶下臺基。鄭家鴇子迎着。道萬福。說道。老爹大坐回兒。慌的就起身。嫌俺家東西不美口。還有一道米飯兒未曾上哩。西門慶道。勾了。我不是還坐回兒。許多事在身上。明日還要起早。衙門中有勾當。教應二哥他沒事。教他大坐回兒罷。那伯爵就要跟着起來。被黃四死力攔任說道我的二爺你若去了就沒趣死了伯爵道不是你休攔我你把溫老先生有本事留下我就算你好漢那溫秀才奪門就走被黃家小廝來安兒攔腰抱住西門慶到了大門首因問琴童兒溫師父有頭口在這裡沒有琴童道備了驢子在此畫童兒看着哩西門慶向溫秀才道既有頭口也罷老先兒你陪應二哥再坐坐我先去罷于是多送出門來那鄭月兒拉着西門手兒悄悄捏了一把臉上轉一徑揚聲說道我頭裡說的話爹你在心些些知道了法不待六耳西門慶道知道了又道鄭春你送老爹到家多上覆娘們那吳銀兒也說多上覆大娘伯爵道我不好說的賊小淫婦兒們都攙行奪市的稍上覆偏我就沒個人兒上覆愛月道你這花子過一邊兒那吳銀兒就在門

首作辭了。衆人并鄭家姐兒兩個。吳惠打着燈回家去了。鄭月兒便叫銀姐。見了那個流人兒。好歹休要說。吳銀兒道。我知道。衆人回至席上。重添獸炭。再泛流霞。歌舞吹彈。歡娛樂飲。直要了三更方散。黃四擺了這席酒。也與了他十兩銀子。西門慶賞賜了三四兩。俱不在話下。當日西門慶坐轎子。兩個排軍打着燈。逕出院門。打發鄭春回家。一宿晚景題過。到次日夏提刑差答應的來請西門慶早往衙門中審問賊情等事。直問到晌午吃了飯。早是沈姨夫差大官沈定。拿帖兒送了個後生來在段子鋪。飯火頭名喚劉包。西門慶留下了。正在書房中拿帖兒與沈定回家去了。只見玳安在傍邊站立。西門慶便問道。溫師父昨日多咱來了。玳安道。小的鋪子裡聽了好一回。只聽見書童見打對過門。那咱有三更時分。纔來了。我今早辰問溫師父倒沒酒。應二爹醉了。吐了一地。月娘恐怕夜深了。使鄭春送了他家去了。西門慶听了。呵呵笑了。因叫過玳安近前。說道舊時與你姐夫說媒的文嫂兒在那裡住。你尋了他來。對門房子裡見我。我和他說話。玳安道。小的不認的文嫂兒家。等我問了姐夫去。西門慶道。你吃了飯。問了他快去。玳安到後邊吃了飯。走到舖子裡問陳經濟。經濟道。尋他做甚麼。玳安道。誰知他做甚麼。猛可教我找尋他去。經濟道。出了東大街一直往南去。過了同仁橋牌坊。轉過往東。打王家巷進去。半中腰裡。有個發放巡捕的廳兒。對門有個石橋兒。轉過石橋兒。緊靠着個姑姑庵兒。傍邊有個小衚衕兒。進小衚衕。往西走。第三家豆腐舖隔壁上坡兒有雙扇紅封門兒的。就是他家。你只叫文嫂。他就出來答應你。這玳安聽了。說道再沒了。小爐匠跟着行香的走。鎖碎一浪湯。你再說一遍我聽。只怕我忘了。那陳經濟又說了一遍。玳安道。好近路兒。等我騎了馬去。一面牽出大白馬來。搭上替子。兜上嚼環。躧着馬臺。望上一騙。打了一鞭。那馬跑蹄躍。一直去了。出了東大街。逕往南過同仁橋。牌坊由。王家巷進去。果然中間有個巡捕廳兒。對門就是座破石橋兒。裡首半截紅墻是大悲庵兒。往西是小衚衕。北上坡挑着個荳腐牌兒。門首只見一個媽媽曬馬糞。玳安在馬上便問。老媽媽這裡有個說媒的文嫂兒。那媽媽道。這隔壁封門兒就是。玳安到他門首。果然是兩扇紅封門兒。連忙跳下馬來。拿鞭兒敲着門兒叫道文嫂在家。

不在只見他兒子文經兒開了門便問道是那裡來的玳安道
我是縣門外提刑西門老爹來請教文媽快去哩文經聽見是
提刑西門大官府家來的便讓家裡坐那玳安把馬拴住進入
裡面他明間內見上面供養着利市紙有幾個人在那裡會中
倚記罷進香算帳哩半日拿了鍾茶出來說道俺媽不在了來
家說了明日早去罷玳安道驢子見在家裡如何推不在側身
逕往後走不料文嫂和他媳婦兒陪着幾個道媽媽子正吃茶
躲不及被他看見了說道這個不是文媽劉纔說回我不在家
了教我怎的回俺爹話惹的不怪我文嫂笑哈哈與玳安道了
個萬福說道累哥哥你到家回聲兒我今日家裡會茶不知老
爹呼喚我做甚麼我明日早往宅內去罷玳安道只分付我來

尋你。誰知他做甚麼。原來不知你在這咭溜搭剌兒里住。教我抓尋了個不發心。文嫂兒道。他老人家。這幾年宅內買使女說媒。用花兒自有老馮和薛嫂兒王媽媽子走跐。希罕俺每今日忽剌八又冷鍋中荳兒爆。我猜見你六娘沒了。已定教我去替他打聽親事。要補你六娘的窩兒。玳安道。我不知道。你到那裡見了俺爹。他自有話和你說。文嫂兒道。哥哥你畧坐坐兒。等我打發會茶人去了。同你去。玳安道。原來等你會茶。馬在外邊沒人看。俺爹在家緊等的火裡火發。分付了又分付。教你快去哩和你說了話。如今還要往府裡羅同知老爹吃酒去哩。文嫂道也罷。等我拿點心吃了。同你去。玳安道。不吃罷。因問你大姐生了孩兒沒有。玳安道。還不曾見哩。這文嫂。一面打發玳安吃了點心。穿上衣裳。說道你騎馬先行一步兒。我慢慢走。玳安道你老人家放着驢子。怎不備上騎。文嫂兒道。我那討個驢子來。那驢子。是隔壁荳腐舖裡驢子。借俺院兒裡喂喂兒。你就當我的驢子。玳安道。我記得你老人家。騎着匹驢兒來。往那去了。文嫂兒道。這咱哩。那一年吊死人家了頭。打官司。為了塲事。把舊房兒也賣了。且說驢子哩。玳安道。房子到不打緊處。且留着那驢子。和你早晚做件兒也罷了。別的罷了。我見他常時落下來。好個大鞭子。那文嫂哈哈笑道。怪猴兒短壽命。老娘還只當好話兒。側着耳躲聽你什麼好物件兒。幾年不見你。也學的恁油嘴滑舌的。到明日還教我尋親事哩。玳安道。我的馬走得快你步行赤道。挨磨到多咱。晩惹的爹說。你上馬咱兩個疊騎着罷文嫂兒道。怪小短命兒。我又不是你影射的。街上人看着。惟刺刺的。玳安道。再不你備些蔣鋪子裡驢子騎了去。到那裡等我打發他錢就是了。文嫂兒道。這等還說說一面教文纏將驢子備了。帶上眼紗騎上。玳安與他同行。逕往西門慶宅中來。正是欲向深閨求艷質。全憑紅葉是良媒。有詩為証。

誰信桃源有路通　桃花含露笑春風

桃源只在山溪裡　今許漁郎去問津

畢竟未知後來如何。且聽下回分解。

金瓶梅

第六十九回

招宣府初調林太太

聯經出版事業公司
景印版

麗春院驚走王三官

第六十九回

文嫂通情林太太　王三官中詐求奸

信手烹魚覓素音　神仙有路足登臨
埽堦偶得任卿葉　彈月輕移司馬琴
桑下肯期秋有意　懷中可犯柳無心
黄昏悞入銷金帳　且犯羞兒獨自斟

話說文嫂兒到家。平安說。爹在對門房子裡進去稟報。西門慶正在書房中。和温秀才坐的。見玳安隨即出來。小客位內坐下。玳安悉把尋文嫂兒。小的叫了。來在外邊伺候着。西門慶即令叫他進來。那文嫂悄悄掀開暖簾。進入裡面向西門慶磕頭。西門慶道。文嫂兒許久不見你。文嫂道。小媳婦有。西門慶道。你如今搬在那裡住了。文嫂道。小媳婦因不幸。為了場官司。把舊時那房兒棄了。如今搬在大南首王家巷住哩。西門慶分付道起來說話。那文嫂一面站立在傍邊。西門慶令左右多出去。那平安和畫童。都躲在角門外伺候。只玳安兒影在簾兒外邊。聽說話兒。西門慶因問你常在那幾家大人家走䟫。文嫂道。就是大街皇親家。守備府周爺家。喬皇親張二老爹。夏老爹家。多相熟。西門慶道。你認的王招宣府裡不認的。文嫂道。小媳婦定門主顧。太太和三娘常照顧小的花翠。西門慶道。你既相熟。我有庄事兒央煩你。休要阻了我。向袖中取出五兩一定銀子與他。悄悄和他說。如此這般。你却怎的尋個路兒把他太太。吊在你那裡。我會他會兒。我還謝你。那文嫂聽了。哈哈笑道。是誰對爹說來。你老人家。怎的曉得來。西門慶道。常言人的名兒樹的影兒。我怎不得知道。文嫂道。若說起我這太太來。今年屬猪三十五歲。端的上等婦人。百伶百俐。只好三十歲的。他雖是幹這營生。好不幹的最密。就是往那裡去。王大轉伴當跟着。喝有路走逕路兒來。逕路兒去。三老爹在外爲人做人。他原在人家落脚。這個人說的訛了。到只是他家裡深宅大院一時三老爹不在。藏掖個兒去。人不知鬼不覺。倒還許。說若是小媳婦那裡窄門窄户。敢招惹這個事。就在頭上。就是爹賞的這銀子。小媳婦也不敢領去。寧可領了爹言語。對太太說就是了。西門慶道。你不收。還自推托。我就惱了。事成。我還另外賞幾個細段你穿。你不收阻了我。文嫂道。愁你老人家沒也。怎的上人着眼覷就是福星

陪磕了個頭。把銀子接了。說道待小媳婦。悄悄對太太話來。回
你老人家。西門慶道。你當件事幹。我這裡等着你。來時只在這
裡來。就是了。我不使小廝去了。文嫂道。我知道。不在明日。只在
後日。隨早隨晚。討了示下就來了。一面走出來。玳安道。文嫂隨
你罷了。我只要一兩銀子。也是我叫你一塲。你休要獨吃。文嫂
道。猴孫兒隔墻掠篩箕。還不知仰着。合着哩。于是出門。騎上驢
子。他兒子籠着一直去了。西門慶和温秀才。坐了一回。良久夏
提刑來。就到家待了茶。冠冕着。同往府裡。羅同知。名喚羅萬象。
那裡吃酒去了。直到掌燈已後纔來家。且說文嫂兒拿着西門
慶與他五兩銀子。到家歡喜無盡打發會茶人散了。至後晌時
分。走到王宣府宅裡。見了林太太。道了萬福。林氏便道。你怎的

這兩日不來走走看看我文嫂便把家中倚報會茶趕臘月要往頂上進香一節告訴林氏林氏道你兒子去你不去罷了文嫂兒道我如何得去只教文經兒帶進香去便了林氏道等臨期我送此盤纏與你文嫂便道多謝太太布施說畢林氏叫他近前烤火丫鬟拿茶來吃了這文嫂一面吃了茶問道三爹不在家了林氏道他有兩夜沒回家只在裡邊歇哩逐日搭着這夥喬人只眠花臥柳把花枝般媳婦兒丟在房裡通不顧如何如何又問三娘怎的不見林氏道他還在房裡未出來哩這文嫂見無人便說道不打緊太太寬心小媳婦有個門路兒管就打散了這干人三爹收心也再不進院去了太太容小媳婦便敢說不容定不敢說林氏道你說的話兒那遭兒我不依你來

你有話只顧說不妨。這文嫂方說道縣門前。西門大老爹。如今見在提刑院。做掌刑千户。家中放官吏債開四五處鋪面。段子鋪。生藥鋪。紬絹鋪。絨線鋪。外邊江湖又走標船。楊州興販鹽引。東平府上納香蠟。夥計主管約有數十。東京蔡太師。是他乾爺。朱太尉是他舊主。翟管家是他親家。巡撫巡按。多與他相交。知府知縣。是不消說。家中田連阡陌。米爛成倉。赤的是金。白的是銀。圓的是珠。光的是寶。身邊除了大娘子。乃是清河左衛吳千户之女。填房與他爲繼室。只成房頭。穿袍兒的也有五六個。以下歌兒舞女。得寵侍妾。不下數十。端的朝朝寒食。夜夜元宵。今老爹不上三十四五年紀。正是當年漢子。大身材。一表人物。也曾吃藥養龜。慣調風情。雙陸象棋。無所不通。蹴踘打毬。無所不

曉諸子百家折白道字眼見就會端的擊玉敲金百伶百俐聞
知咱家乃世代簪纓人家根基非淺又三爹在武學肄業也要
來相交只是不曾會過不好來的昨日聞知太太貴旦在迩又
四海納賢也一心要來與太太拜壽小媳婦便道初會怎好驟
然請見的待小的達知老太太討個示下來請老爹相見今老
爹不但結識他來往相交只央浼他把這干人斷開了使那行
人打攪道須玷辱不了咱家門户看官聽說水性下流最是女
婦人當日林氏被文嫂這篇話說的心中迷留摸亂情竇已開
便教向文嫂兒較計道人生面不熟怎生好遽然相見的文嫂
道不打緊等我對老爹說只說太太先央浼老爹要在提刑院
遞狀告那起引誘三爹這起人預先私請老爹來私下先會一

會。此計有何不可。說得林氏。心中大喜。約定後日晚夕等候。這
文嫂討了婦人示下。歸家。到次日飯時前後。走來西門慶宅內。
那日西門慶從衙門回來。家中無事。正在對門房子裡書院內
坐的。忽有玳安來報。文嫂來了。西門慶聽了。即出小客位內坐。
令左右放下簾兒。良久文嫂進入裡面磕了頭。玳安知局。就走
出來了。教二人自在說話。這文嫂便把怎的說念林氏。誇獎老
爹人品家道。怎樣行。特結識官府。又怎的仗義疎財。風流博浪。
說得他千肯萬肯。約定明日晚間。三爹不在家。家中設席等候。
假以說人情為由。暗中相會。西門慶聽了。滿心歡喜。又令玳安
拿了兩疋紬段賞他文嫂。道爹明日要去。休要早了。直到掌燈
巳後。街上人靜了時。打他後門首扁食巷中。他後門傍有個住

房的段媽媽。我在他家等着爹。只使大官兒彈門。我就出來引
爹入港。休令左近人知道。西門慶道。我知道。你明日先去。不可
離寸地。我也依期而至。說畢。文嫂拜辭而去。又回林氏話去了。
西門慶那日歸李嬌兒房中。宿歇一宿無話。巴不到次日培養
着精神。午間戴着白忠靖巾。便同應伯爵。騎馬往謝希大家吃
生日酒。席亦兩個唱的。西門慶吃了幾杯酒。約掌燈上來。就逃
席走出來了。騎上馬。玳安琴童兩個小廝跟隨。那時約十九日。
月色朦朧。帶着眼紗。由大街抹過。逕穿到扁食巷王招宣府後
門來。那時纔燈以後。街上人初靜之後。西門慶離他後門半舍
遠把馬勒住。令玳安先彈段媽媽家門。原來這媽媽就住着王
招宣府家後房。也是文嫂舉薦。早晚看守後門開門閉戶。但有

入港。在他家落脚做眼。文嫂在他屋裡聽見外邊彈門。連忙開了門。見西門慶來了。一面在後門裡等的西門慶下了馬。帶着眼紗兒。引進來。分付琴童牽了馬。往對門人家西首房簷下。那裡等候。玳安便在段媽媽屋裡存身。這文嫂一面請西門慶入來。便把後門關了。上了拴。由夾道內進內。轉過一層群房。就是太太住的五間正房。傍邊一座便門閉着。這文嫂輕輕敲了門環兒。原來有個听頭兒。少頃見一个丫鬟出來開了雙扉。文嫂導引西門慶到後堂。掀開簾櫳而入。只見裡面燈燭熒煌。正面供養着他祖爺太原節度。邠陽郡王王景崇的影身圖。穿着大紅團袖蟒衣玉帶。虎皮校椅。坐着觀看兵書。有若關王之像。只是髯鬚短些。傍邊列着鎗刀弓矢。迎門硃紅匾上寫節義堂三字。兩壁書畫丹青。琴書消洒。左右泥金。隸書一聯。傳家節操同松竹。報國勳功並斗山。西門慶正觀看之間。只聽得門簾上鈴兒响。文嫂從裡拿出一盞茶來。與西門慶吃。西門慶便道。請老太太出來拜見。文嫂道。請老爹且吃過茶着。剛纔稟過太太知道了。不想林氏悄悄從房門簾裡望外觀看西門慶身材凜凜。語話非俗。一表人物。軒昂出衆。頭戴白段忠靖冠。貂鼠暖耳。身穿紫羊絨鶴氅。脚下粉底皂靴。上面綠剪絨獅坐馬。一溜五道金鈕子。就是個富而多詐奸邪輩。壓善欺良酒色徒。一見滿心歡喜。因悄悄叫過文嫂來。問他戴的孝是誰的。文嫂道。是他第六個娘子的孝。新近九月間沒了。不多些時。饒少殺家中。如今還有一巴掌數兒。他老人家你看不出來。出籠兒的鵪鶉。也是個快

鬪的。這婆娘聽了越發歡喜無盡。文嫂催逼他出去見他一見

見婦人道。我羞答答怎好出去。請他進來見罷。文嫂一面走出

來。向西門慶說。太太請老爹房內拜見哩。于是忙掀門簾。西門

慶進入房中。但見簾幙垂紅。地屏上毡毹匝地。麝蘭香靄氣暖

如春。綉榻則斗帳雲横。錦屏則軒轅月映。婦人頭上戴着金絲

翠葉冠兒。身穿白綾寬紬袄兒。沉香色遍地金粧花段子鶴氅。

大紅宮錦寬襴裙子。老鴉白綾高底扣花鞋兒。就是個綺閣中

好色的嬌娘。深閨內夯毬的菩薩。有詩為証

面膩雲濃眉又彎　蓮步輕移實匪凡

醉後情深歸帳內　始知太太不尋常

這西門慶。一見躬身施禮。說道。請太太轉上。學生拜見。林氏道

大人免禮罷。西門慶不肯。就側身磕下頭去拜兩拜。婦人亦叙禮相還。拜畢。西門慶正面椅子上坐了。林氏就在下邊梳背炕沿斜僉相陪坐的。文嫂又早把前邊儀門閉上了。再無一個僕人在後邊。三公子那邊角門也關了。一個小丫鬟名喚芙蓉。紅漆丹盤拏茶上來。林氏陪西門慶吃了茶。丫鬟接下盞托去。文嫂就在傍開言。說道太太久聞老爹在衙門中執掌刑名。敢使小媳婦請老爹來。央煩庄事兒。未知老爹可依允不依。西門慶道。不知老太太有甚事分付。林氏道。不瞞大人說。寒家雖世代做了這招宣。夫主去世年久。家中無甚積蓄。小兒年紀優養未曾考襲。如今雖入武學肄業。年幼失學。家中有幾個奸詐不級的人。日逐引誘他。在外飄酒把家事都失了。幾次欲待要往公門訴狀。爭奈妾身未曾出閨門。誠恐拋頭露面。有失先夫名節。今日敢請大人。至寒家訴其衷曲。就如同遞狀一般。望乞大人千萬留情。把這干人怎生處斷開了。使小兒改過自新。專習功名。以承先業。寔出大人再造之恩。妾身感激不淺。自當重謝。西門慶道。老太太怎生這般說。言謝之一字。尊家乃世代簪纓。先朝將相。何等人家。令郎兩入武學。正當努力功名。承其祖武。不意聽信遊食所哄。留連花酒。寔出少年所為。太太既分付。學生到衙門裡。即時把這干人處分懲治。令郎分毫亦可戒諭。令郎再不可蹈此故轍。庶可杜絕將來。這婦人聽了。連忙起身。向西門慶道了萬福。說道。容日妾身致謝大人。西門慶道。你我一家何出此言。說話之間。彼此言來語去。眉目顧盼留情。不一時文嫂放卓兒擺上酒來。西門慶故意辭。道學生初來進謁。倒不曾具禮來。如何反承老太太盛情留坐。林氏道。不知大人下降。沒作准備。寒天聊具一杯水酒。表意而已。丫鬟篩上酒來。端的金壺斟美釀。玉盞泛羊羔。林氏起身捧酒。西門慶亦下席說道。我當先奉老太太一杯。文嫂兒在傍插口說道。老爹你且不消遞太太酒。這十一月十五日。是太太生日。那日送禮來。與太太祝壽就是了。西門慶道。阿呀早時你說。今日初九日。差六日。我在下已定來與太太登堂拜壽。林氏笑道。豈敢動勞。太人厚意。須臾大盤大碗。就是十六碗。熱騰騰美味佳餚。熬爛下飯。煎煿雞魚。烹炮鵝鴨。細巧菓蔬。新奇菓品。傍邊絳燭高燒。下邊金爐添火。交杯換盞。行令猜枚。笑雨嘲雲。酒爲色胆。看看飲至蓮漏已沉。窓月倒影之際。一雙竹葉穿心。兩個芳情已動。文嫂已過一邊。連次呼酒不至。西門慶見左右無人。漸漸促席而坐。言頗涉邪。把手捏腕之際。挨肩擦膀之間。初時戲摟粉項。婦人則笑而不言。次後欵啟朱唇。西門慶則舌吐其口。嗚咂有聲。笑語密切。婦人于是自掩房門。解衣鬆珮。微開錦帳。綉衾鴛枕横牀。鳳香薰被。相挨玉體。抱摟酥胸。原來西門慶知婦人好風月。家中帶了淫器包在身邊。又服了胡僧藥。婦人摸見他陽物甚大。西門慶亦摸其牝户。彼此歡悅。情興如火。婦人在牀傍伺候鞋綃軟帕。西門慶被底預備麈柄猙獰。當下展猿臂。不覺蝶浪蜂狂。蹺玉腿。那個羞雲怯雨。正是縱横慣使風流陣。那管牀頭墜玉釵。

有詩爲証

蘭房幾曲深悄悄。香勝寶鴨晴烟裊。夢回夜月淡溶溶。展轉牙牀春色少。無心今遇少年郎。但知敲打須富商。礪情欲共嬌無力。須教宋玉赴高唐。打開重門無鎖鑰。露浸一枝紅芍

這西門慶。當下竭平生本事。將婦人盡力盤桓了一場。纏至更半天氣。方纔精泄。婦人則髮亂釵横。花憔柳困。鶯聲嚥喘依稀耳中。比及個並頭交股。摟抱片時。起來穿衣之際。婦人下牀。款剔銀燈。開了房門。照鏡整容。呼了鬟捧水淨手。復飲香醪。再勸美酌三杯之後。西門慶告辭起身。婦人挽留不已。叮嚀頻囑。西門慶躬身領諾。謝擾不盡。相别出門。婦人送到角門首回去了。文嫂先開後門。呼喚玳安琴童牽馬過來。騎上回家。街上已喝

號提鈴。更深夜靜。但見一天霜氣。萬籟無聲。西門慶回家。一宿無話。到次日。西門慶到衙門中發放已畢。在後廳吽過該地方節級緝捕。分付如此如此。這般這般。王招宣府裡三公子看有甚麼人勾引他院中。在何人家行走。便與我查訪出名字來。報我知道。因向夏提刑說。王三公子。甚不學好。昨日他母親再三央人來對我說。倒不關他這兒子事。只被這干光棍勾引他。今若不痛加懲治。將來引誘壞了人家子弟。夏提刑道。長官所見不錯。必須該取他節級緝捕。領了西門慶鈞語。到當日果然查訪出各人名姓來。打了事件。到後晌時分來。西門慶宅內呈遞揭帖。西門慶見上面有孫寡嘴。祝日念。張小閒。聶鉞兒。何三。于寬。白回子。樂婦是李桂姐。秦玉芝兒。西門慶取過筆來。把李桂姐秦玉芝兒并老孫祝日念名字多抹了分付只動這小張閒等五個光棍即與我拿了明日早帶到衙門裡來衆公人應諾下去至晚打聽王三官衆人都在李桂姐家吃酒踢行頭多埋伏在後門首深更時分剛散出來衆公人把小張閒聶鉞于寬白回子向三五人都拿了孫寡嘴與祝日念扒李桂姐後房去了王三官兒藏在李桂姐床身下不敢出來桂姐一家諕的捏兩把汗更不知是那裡動人白央人打聽實信王三官躲了一夜不敢出來李家鴇子又恐怕東京做公的下來拿人到五更時分攛掇李銘換了衣服送王三官來家節級緝捕把小張閒等拿在聽事房吊了一夜到次日早辰西門慶進衙門與夏提刑陞廳兩邊刑杖羅列帶人上去每人一夾二十大棍打得皮開

肉綻。鮮血迸流。响聲震天。哀號慟地。西門慶囑付道。我把你這起光棍。專一引誘人家子弟。在院飄風。不守本分。本當重處。今姑從輕責你這幾下兒。再若犯在我手裡。定然枷號在院門首示衆。喝令左右扠下去。衆人望外。金命水命。走投無命。兩位官府發放事畢。正在退廳吃茶。夏提刑因說起昨日京中舍親崔中書那裡書來。衙中投考察本上去了。還未下來哩。今日會了長官。咱倒好差人往懷慶府同僚。林蒼峰。他那裡臨風近。打聽打聽消息去。西門慶道。長官至見甚明。即喚走差答應的上來跪下。分付與你五錢銀子盤纏。即去南河拿俺兩個拜帖。懷慶府提刑林千户老爹那裡。打聽京中考察本示下。看經歷司行下照會來不曾。務要打聽的實來回報。那人領了銀子拜帖。又到司房戴上范陽毡笠。結束行裝。討了疋馬。長行去了。兩位官府。起身回家。却說小張閑等。從提刑院打出來。走在路上。各人脊恐。更不量今日受這場虧。那裡藥線。互相埋怨。小張閑道。莫不還是東京六黃太尉那裡下來的消息。白回子道。不是。若是那裡消息。怎肯輕饒素放。常言說得好。乖不過唱的。賊不過銀匠。能不過架兒。聶鉞兒一口就說道。你每多不知道。只我猜得着。此巳定是西門官府。和三官兒上氣。嗔請他表子。故拿俺每煞氣。正是龍鬭虎傷。苦了小張。小張閑道。列位到罷了。只是苦了我在下了。孫寡嘴。祝麻子。都跟着。只把俺每頂缸了。于寬道。你怎的說渾話。他兩個是他的朋友。若拿來跪在地下。他在上面坐着。怎生相處。小張閑道。怎的不拿老婆。聶鉞道。兩個老婆都是他心上人。李家桂姐是他的表子。他肯拿來也休推人。是俺每的晦氣偏撞在這網裡。纔見老爹怎生不言語。只是他說話。這個就見出情弊、顯然來了。如今往李桂姐兒家尋王三官去。白爲他打了這一屁股瘡來的。腿爛爛的便罷了。問他要幾兩銀子盤纏。也不吃家中老婆笑話。于是來來去去。轉彎抹角逕入拘攔。李桂姐家見門關的鐵桶相似。就是樊噲也撞不開。叫了半日、了頭隔門問是誰。小張閒道。是俺每尋三官兒說話。了頭回說。他從那日半夜就往家去了。不在這裡。無人在家中。不敢開門。這衆人只得回來。到王招宣府宅內。逕入他客位裡坐下。王三官聽見衆人來尋他。諕得躲在房裡。不敢出來。半日使出小廝永定來。說俺爹不在家了。衆人道。好自在性兒。不在家了。往那裡去了。叫不將來。于寬道。是和你說了罷。休推睡裡夢裡。剛纔提刑院打了俺每。押將出來。如今還要他正身見官去哩。摟起腿來。與永定瞧。教他進裡面去說此事。爲你打的俺每有甚要緊。一個個都倘在板凳上。聲疼叫喊。那王三官見越發不敢出來。只叫娘怎麼樣兒。却如何救我。我則可。林氏道。我女婦人家。如何尋人情去救得。求了半日。見外邊衆人等的急了。要請老太太說話。那林氏又不出去。只隔着屏風說道。你每略等他等。委的在庄上不在家了。我這裡使小厮叫他去。小張閒道。老太太。快使人請他來。不然這個癤子。也要出膿。只顧膿着不是事。俺每爲他連累。打了這一頓。剛纔老爹分付。押出俺每來要他。他若不出來。大家都不得清淨。就弄的不好了。林氏聽言連忙使小厮拿出茶來與衆人吃。王三官號的鬼也似逼他娘尋人情到至急之處。林氏方纔說道。文嫂他只認的提刑西門官府家。昔年曾與他女兒說媒來。在他宅中走的熟。王三官道。就認的提刑也罷。快使小厮請他來。林氏道。他自從你前番說了他。使性兒一向不來走動。怎好又請他肯來。王三官道。好娘。如今事在至急。請他來。等我與他陪個禮兒便了。林氏便使永定兒悄悄打後門出去。請了文嫂來。王三官再三央及他。一口聲只叫文媽。你認的提刑西門大官府。好歹說個人情救我。這文嫂故意做出許多喬張致來。說道。舊時雖故與他宅內大姑娘說媒。這幾年誰往他門上走。大人家深宅大院。不去纏他。王三官連忙跪下。說道。文媽。你救我。自有重報。不敢有忘。那幾

個人在前邊。只要出官。我怎去得。那文嫂只把眼看他娘。他娘
道也罷。你替他說說罷了。文嫂道。我獨自個去不得。三叔你衣
巾着。等我領你。親自到西門老爹宅上。你自拜見他。央浼他。等
我在傍再說。管情一天事就了了。王三官道。見今他衆人在前
邊催逼甚急。只怕一時被他看見怎了。文嫂道。有甚難處勾當。
等我出去。安撫他。再安排些酒肉點心茶水。哄他吃着。我悄悄
領你從後門出去。幹事回來。他令放也不知道。這文嫂一面走
出前廳。向衆人拜了兩拜。說道。太太教我出來。多上覆列位哥
們。本等三叔往庄上去了。不在家。使人請去了。便來也。你每畧
坐坐兒。吃打受罵。連累了列位。誰人不吃鹽米。等三叔來。教他
知遇你們。你們千差萬差。來人不差。恒屬大家。只要啚了事。上

司差泒。不由自巳有了。三叔出來。一天大事都了了。當時衆人一齊道。還是文嫂兒的多。你老人家早出來就說句話。恁有南北的話兒。俺每也不恁急的要不的。執殺法兒。只回不在家。莫不爲俺每自做出來的事也罷。你倒帶累俺每。吃官棒。上司要你。假推不在家。吃酒吃肉。教人替你不成。文嫂你自曉道理的。你出來。俺每還透個路兒與你。破些ニ東西兒。尋個分上兒說說。大家了事。你不出來見俺每。這事情也要銷繳。一個緝捕問刑衙門。平不答的就罷了。文嫂兒道。哥每說的是。你每略坐坐兒。我對太太說。安排些ニ酒飯兒管待你每。你每來了這半日也餓了。衆都道。還是我的文嫂。知人甘苦。不瞞文嫂說。俺每從衙門裡打出來。黃湯兒也還沒曾嘗著哩。這文嫂走到後邊。一力攛撥打了二錢銀子酒買了一錢銀子點心猪羊牛肉各切幾大盤拿將出去一壁哄他衆人在前廳大酒大肉吃着這王三官儒巾青衣寫了揭帖文嫂領着帶上眼紗悄悄從後門出來步行逕徃西門慶家來到了大門首平安兒認的文嫂說道爹纔在廳上進去了文嫂有甚說話文嫂遞與他拜帖說道哥哥累你替他稟稟去連忙問王三官要了二錢銀子遞與他那平安見方進去替他稟知西門慶西門慶見了手本拜帖上寫着眷晚生王寀頓首百拜一面先叫進文嫂問了回話然後繞開大廳槅子門使小厮請王三官進去大廳上左右忙掀暖簾見西門慶頭戴忠靖冠便衣出來迎接見王三衣巾進來故意說道文嫂怎不早說我褻衣在此便令左右取我衣服來慌的王三

官向前攔住。呀。尊伯尊便。小姪敢來拜見。豈敢動勞。至廳內。王三官務請西門慶轉上行禮。西門慶笑道。此是舍下。再三不肯。西門慶居先拜下去。王三官說道。小姪有罪在身。久仰欠拜。西門慶道。彼此少禮。王三官因請西門慶受禮。說道小姪人家。老伯當得受禮。以恕拜遲之罪。務讓起來。讓了兩禮。然後挪座兒斜僉坐的。少頃吃了茶。王三官見西門慶廳上錦屏羅列。四壁挂四軸金碧山水。座上銷着綠錦段厢嵌。貂鼠椅座地下氊毯匝地。正中間黃銅四方水磨的。耀目爭輝。上面牌扁。下書承恩二字。係米元章妙筆。觀覽之餘。似有卲清而寧之貌。向西門慶說道。小姪前有一事。不敢奉瀆尊嚴。因向袖中取出揭帖遞上。隨即離席跪下。被西門慶一手拉住。說道賢契。有甚話但說何害。這王三官就說。小姪不才。誠爲得罪。望乞老伯念先父武弁一殿之臣。寬恕小姪。無知之罪。完其廉耻。免令出官。則小姪垂死之日。是有再生之幸也。啣結圖報。惶恐惶恐。西門慶展開揭帖。上面有小張閑等。五人名字。說道這起光棍。我今日衙門裡已各重責發落。饒恕了他。怎的又央你去。王三官道。還是要小姪如此這般。他說老伯衙門中責罰。押出他來。還要小姪見官。在家百般称駡喧嚷。索要銀兩。不得安生。無處控訴。前來老伯這裡請罪。又把禮帖遞上西門慶。一見便道。豈有是理。因說道這起光棍可惡。我倒饒了他。如何倒往那裡去攪擾。把禮帖與王三官收了。買契請回。我也且不留你坐。如今即時就差人拿這起光棍去。容日奉招。王三官道。豈敢蒙老伯不棄小姪。容當踵門叩謝。千恩萬謝出門。西門慶送至二門首。說我衣服不好送的。那王三官自出門。還帶上眼紗。小廝跟隨去了。文嫂還討了西門慶話。西門慶分付。休要驚動他我這裡差人拿去。這文嫂同王三官暗暗到家。不想西門慶隨即差了一名節級四個排軍。走到王招宣宅內。那起人正在那裡飲酒喧鬧。被公人進去。不由分說。都拿了帶上鐲子。諕得眾人面如土色。說道王三官幹得好事。把俺每穩在你家。倒把鋤頭反弄俺每來了。那個排軍節級。罵道你這廝還胡說。當了甚麼名人。到老爹根前哀告。討你那命正經。小張閒道。大爺教導的是。不一時都拿到西門慶宅門首。門上排軍并平安。都張着手兒要錢。纔去替他禀。眾人不免脫下褶。并拿頭上簪圈下來。打發停當。方纔說進去半日。西門慶出來坐廳。節級帶進去。跪在廳下。西門慶罵道。我把你這起光棍。我倒將就了。如何指称我這衙門。往他家嚇詐去。實說詐了多少錢。不說令左右。拿拶子與我着實拶起來。當下只說了聲。那左右排軍。登時取了五六把新拶子來伺候。小張閑等。只顧在下叩頭哀告道。小的並沒嚇詐。分文財物只說衙門中打出小的每來。對他說聲。他家拿出些酒食來。管待小的。小的並沒需索他的。西門慶道。你也不該往他家去。你這起光棍。設騙良家子弟。白手要錢。深為可惡。既不肯寔供。都與我帶了衙門裡收監。明日嚴審取供。枷號示衆。衆人一齊哀告哭道。天官爺超生小的每罷。小的再不敢上他門纏擾了。休說枷號。這一送到監裡去。冬寒時月。小的每都是死數。西門慶道。我把你這光棍。我道饒出你去。都要洗心改過。務要生理。不許你挨坊靠院。引誘人家子弟。詐騙財物。再拿到我衙門裡來。都活打死了。喝令出去罷。衆人得了個性命。往外飛跑走。正是敲碎玉籠飛彩鳳。頓開金鎖走蛟龍。西門慶發了衆人去。回至後房。月娘問道。這個是王三官兒。西門慶道。此是王招宣府中三公子。前日李桂兒爲他那塲事。就是他。今日賊小淫婦兒不改。又和他纏。每月三十兩銀子。教他包着。嗔道一向只哄着我。不想有個底脚里人兒。又告我說。教我昨日差幹事的。拿了這干人到衙門裡去。都夾打了。不想這干人。又到他家裡嚷賴。指望要詐他幾兩銀子的情。只恐衙門中要他。他從來沒曾見官。慌了。央文嫂兒。拿五十兩禮帖來。求我說人情。我剛纔把那起人。又拿了來。詐發了一頓。替他杜絶了。再不纏他去了。人家倒運。偏生出這樣不肖子弟出來。你家父祖何等根基。又做招宣。你又見入武學。放着那名兒不幹。家中丟着花枝般媳婦兒。自東京六黃太尉姪女兒。不去理論。白日黑夜。只跟着這夥光棍。在院裡嫖弄。把他娘子頭面都拿出來使了。今年不上二十歲。年小小兒的。通不成器。月娘道。你不曾潛胞尿。看看自家。乳兒老鴉笑話猪兒足。原來燈臺不照自。你自道成器的。你也吃這井裡水。無所不爲。清潔了些甚麼兒。還要禁的人。幾句說的西門慶不言語了。正擺上飯來吃。小厮來安來報。應二爹來了。西門慶分付。請書房裡坐。我就來。王經連忙開了廳上書房門。伯爵進裡面暖爐炕傍椅上坐了。良久西門慶出來。聲喏畢。就坐在炕上兩個說話。伯爵道。哥你前日在謝二哥那裡。怎的老早就起身。西門慶道。第二日我還要早起衙門中。連日有勾當。又考察在迩。差人東京打聽消息。我比你每閑人兒。伯爵又問哥連日衙門中有事沒有。西門慶道。事那日沒有。又道王三官兒說哥衙門中動了。把小張閑他每五個。初八日晚夕。在李桂姐屋裡。都拿的去了。只走了老孫。祝麻子。兩個。今早解到衙門裡。都打出來了。衆人都往招宣府纏王三官去了。怎的還瞞着我不說。西門慶道。傻狗材。誰對你說來。你敢錯聽了。敢不是我衙門裡。敢是周守備府裡。伯爵道。守備府中。那裡管這閑事。西門慶道。只怕是縣中提人。伯爵道。也不是。今早李銘對我說。那日把他一家子諕的魂也沒了。李桂兒至今諕的這兩日睡倒了。還沒曾起炕兒裡坐。怕又是東京下來拿人。今早打聽。方知是提院動人。西門慶道。我連日不進衙門。並沒知道李桂兒旣賭個誓不接他。隨他拿亂去。又害怕睡倒怎的。伯爵見西門慶迸着臉兒。待笑說道。哥你是個人。連我也瞞着起來。不告我說。今日他告我說我就知道哥的情。怎的祝麻子。老孫走了。一個緝事衙門。有個走脫了人的。此是哥打着綿羊駒驢戰。使李桂兒家中害怕。知道哥的手段。若多拿到衙門去。彼此絕了情意。多沒趣了。事情許一不許二。如今就是老孫祝麻子見哥也有幾分慚愧。此是哥明修棧道暗度陳倉的計策。休怪我說哥這一着做的絕了。這一個叫做眞人不露相露相不是眞人。若明使函了。逞了臉。就不是乖人兒了。還是哥智謀大。見的多。幾句說的西門慶撲吃的笑了。說道我有甚麼大智謀。伯爵道。我猜已定還有底脚裡人兒對哥說。怎得知道。這等端切的。有鬼神不測之機。西門慶道。傻狗材。若要人不知。除非己莫爲。伯爵道。哥衙門中如今不要王三官兒罷了。西門慶道。誰要他做甚麼。當初幹事的。打上事件。我就把王三官。祝麻子。老孫。并李桂兒秦玉芝之名字多抹了。只來打拿幾個光棍。伯爵道。他如今怎的還纏西門慶道。我寔和你說罷。他指稱諕詐他幾兩銀子。不想剛纔親上門來拜見。與我磕了頭。陪了不是。我還差人把那幾個光棍拿了。要枷號他。衆人再三哀告。說再不敢上門纏他了。王三官一口一聲稱呼我是老伯。拿了五十兩禮帖兒。我不受他的。他到明日。還要請我家中知謝我去。伯爵失驚道。眞個他來。大哥陪不是來了。西門慶道。我莫不哄你。因喚王經拿王三官拜帖兒。與應二爹瞧。那王經向房子裡取出拜帖。上面寫着晚生王寀頓首百拜。伯爵見了。口中只是極口称贊哥的所筭神𢿘不測。西門慶分付伯爵。你若看見他每。只說我不知道。伯爵道我曉得。機不可泄。我怎肯和他說。坐了一回。吃了茶。伯爵道哥我去罷。只怕一時老孫和祝麻子。摸將來。只說我沒到這裡。西門慶道他就來。我也不出來見他。只答應不在家。一面叫將門上人來。都分付了。但是他二人。只答應不在西門慶。從此不與李桂姐上門走動。家中擺酒。也不叫李銘唱曲。就疎淡了。正是

昨夜浣花溪上雨。綠楊芳草爲何人。有詩爲証

誰道天台訪玉眞　三山不見海沉沉

侯門一入深如海　從此蕭郎是路人

畢竟未知後來如何。且聽下回分解。

金瓶梅 第七十回 老太監朝房邀酌

聯經出版事業公司 景印版

兩提刑樞府庭參

第七十回

西門慶工完陞級　羣寮庭叅朱太尉

昨夜西風鼓角喧　曉來降凍怯寒毡
茫茫一片渾無地　浩浩四方俱冄天
綺壁淒涼宜未守　霸陵豪傑且停鞭
陽春有脚恩如海　願借餘温到客邊

話說西門慶。自此與李桂姐。斷絕不題。却說走差人到懷慶府。林千户處。打聽消息。林千户將陞官邸報。封付與來人。又賞了五錢銀子。連夜來遞與提刑兩位官府。當廳夏提刑拆開同西門慶先觀本衛。行來考察官員。照會其畧曰。

兵部一本。尊明旨嚴考覈。以昭勸懲。以光聖治事。先該金吾

衛提督官校太尉太保兼太子太保朱題前事考察禁衛官
員除堂上官自陳外其餘兩廂詔獄緝捕捉察機察觀察典
牧皇畿內外提刑所指揮千百户鎮撫等官各按冊籍祖職
世襲轉陞功陞蔭陞納級等項各挨次挌從公舉劾甄別賢
否具題上請當下該部詳議黜陟陞調降革等因奉
聖旨兵部知道欽此欽遵抄出到科按行到部看得太尉朱題
前事遵奉舊例委的本官殫力致忠公于考覈委所同并內
外屬官各據冊籍博恊輿論甄別賢否皆出闘見之實而無
偏執之私足見本官仰扳天顏之咫尺而存體國之忠謀也
分別等第獎勵淑慝井井有條足以勵人心而孚公議無容
臣等再喙但恩威賞罰出自朝廷合候命下之日一体照例

施行等因。庶考覈明。而人心服。冒濫革。而官箴肅矣。奉欽此

欽依擬行。

内開山東提刑所。正千戸夏延齡。資望既久。才練老成。昔視

典牧。而坊隅安靜。今理齊刑。而縡有政聲。宜加獎勵。以冀甄

陞。可備鹵簿之選者也。貼刑副千戸西門慶。才幹有爲。英偉

素著。家稱殷實。而在任不貪。國事克勤。而臺工有績。翌神運

而分毫不索。司法令而齊民。果仰。宜加轉正。以掌刑名者也。

懷慶提刑千戸所。正千戸林承勳。年清優學。占籍武科。繼祖

等。抱負不凡。提刑獄。詳明有法。幹濟有法。泰嚴亡度。可加薦

獎勵簡任者也。副千戸謝恩。年齒既殘。昔在行猶有可觀。今

任理刑。罹軟尤甚。可宜罷黜。革任者也。

西門慶看了。他轉正千户掌刑。心中大悅。夏提刑。見他陞指揮管鹵簿。大半日無言。面容失色。于是又展開工部工完的本。觀看上面寫道。

工部一本。神運屆京。天人胥慶。懇乞天恩俯加偓典。以蘇民困以廣聖澤事。奉

聖旨。這神運奉迎。大内奠安。銀嶽以承天眷。朕心加悅。你每既效有勤勞。副朕事玄至意。所經過地方。委的小民困苦。着行撫按衙門。查勘明白。行蠲免今歲田租之半。所毀塜閘。你部裡差官會同巡按御史。即行修理。完日還差内侍孟昌齡。前去致祭。蔡京。李邦彦。王煒。鄭居中。高俅。輔弼朕躬。直贊内庭。勳勞茂著。京加太師。邦彦加柱國太子太師。王煒太傅。鄭居

中高俅太保。各賞銀五十兩。四表裡。蔡攸還蔭一子。爲殿中監國師林。靈素胡知朕叩宣佑國宣化。遠致神運。北伐虜謀。實與天通。加封忠孝。伯食祿一千石。賜坐龍衣一襲。肩輿入内。賜號玉眞教主。加淵澄玄妙廣德眞人。金門羽客。眞達靈玄妙先生。朱勔黃經。臣督理神運。忠勤可加。勔加太傅。兼太太子太傅。經臣加殿前都太尉。提督御前人船。各蔭一子爲金吾衛。正千戶。内侍李彥。孟昌齡。賈祥。何沂。藍從熙。著直延福五位宮近侍。各賜蟒衣玉帶。仍蔭弟姪一人。爲副千戶。俱見任管事。禮部尚書張邦昌。左侍郎兼學士蔡攸。右侍郎白時中。兵部尚書余深。工部尚書林攄。俱加太子太保。各賞銀四十兩。彩段二表裡。巡撫兩浙僉都御史。張閣陞工部右侍郎。巡撫山東都御史侯蒙。陞太常正卿。巡撫兩浙山東監察御史尹大諒。宋喬年。都水司郎中安忱。伍訓。各陞俸一級。賞銀二十兩。祗迎神運。千戶魏承勳。徐相。楊廷珮。司鳳儀。趙友蘭。扶天澤。西門慶。田九皋等。各陞一級。內侍宋推等。營將王佑等。尚各賞銀十兩。所官薛顯忠等。各賞五兩。校尉昌玉等。絹二疋。該衙門知道。

夏提刑與西門慶看畢。各散衙回家。後晌時分。有王三官差永定。同文嫂拿着請書盒兒來。內安泥金摺。初十日請西門慶往他府中赴席。少盡謝私之意。西門慶收下。不勝歡喜。以為其妻指日在于掌握。不期到初十日晚夕。東京本衛經歷司。差人行照會到。曉諭各省提刑官員知悉。火速赴京。赶冬至令節見朝引奏謝恩。毋得違悞。取罪不便。西門慶看了。到次日衙門中會了夏提刑。回手本打發來人回去。不在話下。各人到家。收拾行裝。俻辦贄見禮物。不日約令起程。西門慶使玳安叫了文嫂見。教他回王三官。十一日不得來赴席。如此這般。上京見朝謝恩去也。王三官道。既是老伯有事。待客回來。潔誠具請西門慶。一面叫將賁四分付教他跟了去。與他五兩銀子。家中盤纏。留下春鴻看家。帶了玳安王經。跟隨答應。又問周守備。討了四名巡捕軍人。四匹小馬。打點馱裝。暖轎馬排軍擡扛。夏提刑那邊夏壽跟隨。兩家有二十餘人跟從。十二日起身。離了清河縣。冬天易晚。晝夜趲行。到了懷西。懷慶府。會林千户千戸巳上東京去了。一路。天寒坐轎。天暖乘馬。朝登紫陌紅塵。夜宿郵亭旅邸。正是意急欵搖青氈幙。心忙牽碎紫絲鞭。評話捷說到了東京。進得萬壽門來。依着西門慶分別。他主意要往相國寺下。夏提刑不肯。堅執要請往他令親崔中書家投下。西門慶不免先具拜帖拜見。正值崔中書在家。即出迎接。至廳敘禮相見。道及寒暄契濶之情。拂去塵土。坐下茶湯已畢。拱手問西門慶尊號。西門慶道。賤號四泉。因問老先生尊號。崔中書道。學生性最愚朴。名閑林下。賤名守愚。拙號遜齋。因說道。舍親龍溪久稱盛德。全仗扶持。同心恊恭。莫此爲厚。西門慶道。不敢。在下常領教誨。今又爲堂尊。受益恒多。可幸可幸。夏提刑道。長官如何這等稱呼。雖有鎡基。不如待時。崔中書道。四泉說的也名分使然。不得不早言畢。彼此笑了。不一時收拾了行李。天晚了。崔中書分付童僕放卓擺飯。無非是菓酌餚饌之類。不必細說。當日二人在崔中書宿歇。不題。到次日各備禮物拜帖。家人跟隨。早往蔡太師府中叩見。那日太師在內閣還未出來。府前官吏人等。如蜂屯蟻聚。逼擠匝不開。西門慶與夏提刑。與了門上官吏兩包銀子。拿揭帖稟進去。翟管家見了。即出來相見。讓他到外邊私宅。先是夏提刑相見畢。然後西門慶敘禮。彼此道及往還酬答之意。各分賓位坐下。夏提刑先遞上禮帖。兩疋雲鶴金段。兩疋色段。翟管家的。是十兩銀子。西門慶禮帖上。是一疋大紅絨綵蟒。一疋玄色粧花斗牛補子員領。兩疋京段。另外梯巳送翟管家。一疋黑綠雲絨。三十兩銀子。翟謙分付左右。把老爺禮都交收進府中去。上簿籍。他只受了西門慶那疋雲絨。將三十兩銀子。連那夏提刑的十兩銀子。都不受。說道豈有此理。若如此。不見至交親情。一面令左右放卓兒擺飯。說道今日　聖上奉銀嶽新蓋上清寶籙宮。奉安牌扁。該老爺主祭。直到午後纔散。到家同李爺又往鄭皇親家吃酒。只怕親家和龍溪等不的悮了。你每勾當過老爺閒。等我替二位禀。就是一般。西門慶道。蒙親家費心。若是這等又好了。因問親家那裡住。西門慶就把夏龍溪令親家下歇說了。不一時。安放卓席端正。就是大盤大碗。湯飯點心。一齊拿上來。都是光祿烹炮美味。極品無加。每人金爵飲酒三杯。就要告辭起身。翟謙于是款留。令左右再篩上一杯。西門慶因問親家。俺每幾時見朝。翟謙道。親家你同不得夏大人。夏大人如今京堂官。不在此例。你與本衛新陞的副千戶。何太監姪兒。何永壽。他便貼刑。你便掌刑。與他作同僚了。他先謝了恩。只等着你見朝引奏畢。一同好領劄付。你凡事只會他去。夏提刑聽了。一聲兒不言語。西門慶道。請問親家。你曉的我還等冬至郊天畢回來。見朝如何。翟謙道。親家你等不的。冬至　聖上郊天回來。那日天下官員上表朝賀畢。還要排慶成宴。你每原等的不如你今日先鴻臚寺報了名。明日早朝謝了恩。直到那日堂上官引奏畢。領劄付起身就是了。西門慶謝道。蒙親家指教。何以克當。臨起身。翟謙又拉西門慶到側淨處說話。甚是埋怨。西門慶說。親家前日我的書去。那等屬了。大凡事謹密。不可使同僚每知道。親家如何對夏大人說了。教他央了林真人帖子來。立還着朱太尉。太尉來對老爺說。要將他情愿不管鹵簿。仍以指揮職、御在任所。掌刑三年。情況何太監又在內廷。轉央朝廷所寵安妃。劉娘娘的分上便也。傳旨出來。親對太爺和朱太尉說了。要安他姪兒何永壽在山東理刑。兩下人情阻住了。教老爺好不作難。不是我再三在老爺根前維持。回倒了林眞人。把親家不撐下去了。慌的西門慶連忙打躬說道。多承親家盛情。我並不曾對一人說。此公何以知之。翟謙道。自古機事不密則害成。今後親家凡事謹愼些便了。這西門慶千恩萬謝。與夏提刑作辭出門。來到崔中書家。一面差賁四鴻臚寺報了名。次日見朝。青衣冠帶。同夏提刑進內。不想只在午門前謝了恩出來。剛轉過西闕門來。只見一個青衣人。走向前問道。那位是山東提刑西門慶老爹。賁四問道。你是那裡的。那人道。我是內府匠作

監何公公來。請老爹說話。言未畢。只見一個太監。身穿大紅蟒
衣。頭戴三山帽。腳下粉底皂靴。從御街。定聲叫道西門大人請
了。西門慶遂與夏大人分別。被這太監。用手一把拉在傍邊。一
所直房內。都是明窗亮槅。裡面籠的火暖烘烘的。卓上陳設的
許多卓盒。一面相見。作了揖。慌的西門慶倒身還禮不迭。說道
大人。你不認的我在下。是內府匠作。太監何沂。見在延寧第四
宮端妃馬娘娘位下近侍。昨日內工完了。蒙萬歲爺爺恩典。將
姪男何永壽。陞授金吾衛左所副千戶。見在貴處提刑所。理刑
管事。與老大人作同僚。西門慶道。原來是何老太監學生不知。
恕罪恕罪。一面又作揖說道。此禁地不敢行禮。容日到老太監
外宅進拜。于是叙禮畢。讓坐。家人捧茶。金漆硃紅盤托盞遞上

茶去吃了。茶畢就揭卓盒盖兒。卓上許多湯飯餚品。拿盞筯兒來安下。何太監道。不消小杯了。我曉的大人朝下來。天氣寒冷。拿個小盞來。沒甚麼餚。褻瀆大人。且吃個頭腦兒罷。西門慶道。不敢當擾。何太監于是滿斟上一大杯。遞與西門慶。門慶道。老太監承賜。學生領下。只是出去還要見官拜部。若吃得面紅。不成道理。何太監道。吃兩盞兒。盪寒。何害。因說道。舍姪兒年幼。不知刑名。望乞大人看我面上。同僚之間。凡事教導他教導。西門慶道。豈敢。老太監勿得太謙。令姪長官。雖是年幼。居氣養體。自然福至心靈。何太監道。大人好道。常言學到老。不會到老。天下事如牛毛。孔夫子也識得一腿。恐有不知到處。大人好歹說與他。西門慶道。學生謹領。因問老太監外宅在何處。學生好去奉拜長官。何太監道。舍下在天漢橋。東文華坊。雙獅馬台。就是。亦問大人下處在那裡。我教做官的先去叩拜。西門慶道。學生暫借崔中書家下。彼此問了住處。西門慶吃了一大杯就起身。何太監送出門。拱着手說道。適間所言。大人凡事看顧看顧。他還等着你會同一答兒。引奏當堂。上作主進了禮。好領劄付。西門慶道。老太監不消分付。學生知道。于是出朝門。又到兵部。又遇見了夏提刑。同拜了部官來。比及到本衛參見朱太尉。遞履歷手本。繳劄付。又拜經歷司。并本所官員。巳是申刻時分。夏提刑改換指揮服色。另具手本。參見了朱太尉。免行跪禮。擇日南衙到任。剛出衙門。西門慶還等着。遂不敢與他同行。讓他先上馬。夏延齡那裡肯。定要同行。西門慶赶着他呼堂尊。夏指揮道。四泉你我同僚在先。爲何如此称呼。西門慶道。名分已定。自然之道。何故太謙。因問堂尊高陞美任。不還山東去了。寶眷幾時搬取。夏延齡道。欲待搬來。那邊房舍無人看守。如今且在舍親這邊權住。直待過年。差人取家小罷了。日逐望長官早晚家中看顧一二。房子若有人要。就央長官替我打發。自當感謝。西門慶道。學生謹領。請問府上那房價值若干。夏延齡道。舍下此房原是一千三百兩買的。徐內相房子。後邊又盖了一層。收拾使了二百兩。如今賣原價也罷了。西門慶道。堂尊說與我。有人問我好回答麽。不悮了。夏延齡道。只是有累長官費心。二人歸到崔宅。王經向前禀說。新陞何老爹來拜。下馬到廳。小的回部中還未來家。何老爹說多拜上。還與夏老爹。崔老爹。都投下帖。午間差人送了兩疋金段來。宛紅帖兒。拿與西門慶看。上寫着謹具段帕二端。奉引贄敬。寅侍教生何永壽頓首拜。西門慶看了。連忙差王經。封了兩疋南京五彩獅補員領。寫了禮帖。吃了飯。連忙往何家回拜去。到于廳上。何千戶忙整衣迎接出來。穿着五彩粧花玄色雲絨獅補員領。烏紗皂履。腰繫玳瑁蒙金帶。年紀不上二十歲。生的面如傅粉。眉目清秀。唇若塗朱。趨下堦來。揖讓退遜。謙恭特甚。西門慶陞堦。左右忙去撒簾。呼喚一聲。奔走後先應諾。二人到廳上敘禮。西門慶令玳安揭開段盒。捧上贄見之禮。拜下去。說道。適承光顧。兼領厚儀。所失迎迓。今早又蒙老公公直房賜饌。感德不盡。何千戶忙頂頭還禮。說小弟叨受微職。忝與長官同例。早晚得領教益。爲三生有幸。適間進拜不遇。又承垂愛。蓬蓽光生。令左右收下去。一面扯公座椅兒都是塵皮坐褥。分賓主坐下。左右捧上茶來。何千戶躬身捧茶。遞與西門慶。門慶亦離席交換。吃茶之間。彼此問號。西門慶道。學生賤號四泉。何千戶道。學生賤號天泉。又問長官今日拜畢部堂了。西門慶道。從內裡蒙公公賜酒出來。拜畢部。又到本衙門見堂纔了劄付。拜了所司。出來見長官尊帖下顧失迎。不勝惶恐。何千戶道。不知長官到。學生拜遲。因問長官今日與夏公都見朝來。西門慶道。龍溪今已陞了指揮直駕。今日都見朝謝恩在一處。只到衙門見堂之時。他另具手本參見。問畢。何千戶道。今日與長官計議了。咱每幾時與本主老爹見禮領劄付。西門慶道。依着舍親說。咱每先在衛主宅中進了禮。然後大朝引奏還在本衙門到堂同衆領劄付。何千户道。旣是長官如此說。咱每明日早備禮進了罷。于是都會下各人禮數。何千戶是兩疋蟒衣。一束玉帶。西門慶是一疋大紅麒麟金段。一疋青絨蟒衣。一柄金廂玉絛環。各金華酒四罈。明早在朱太尉宅前取齊。約會已定。茶湯兩換。西門慶告辭而回。並不與夏延齡題此事。一宿晚景題過。到次日早到何千户家。何千戶又是預備飯食頭腦小席。大盤大碗。齊齊整整。連手下人飽飡一頓。然後同往太尉宅門前來。賁四同何家人。又早押着禮物。伺候已久。那時正值朱太尉新加太保。徽宗天子。又差遣往南壇視牲未回。各家饋送賀禮伺候。參見官吏人等。黑壓壓在門首。等的鐵桶相似。何千户下了馬。在左近一相識家坐的。差人打聽。老爺道午晌。就來通報。一等等到午後時分。忽見一人飛馬而來傳報。道老爺覷牲回來。進南薰門了。分付閒雜人打開。不一時騎報回來。傳老爺過天漢橋了。頭一廚役跟隨茶盒攢盒到了。半日纔遠遠牌兒馬到了。衆官都頭帶勇字鎖鐵盔。身穿摟漆紫花甲。青紵絲團花窄袖衲襖。紅綃裹肚。綠麂皮挑線海獸戰裙。脚下四縫着腿黑靴。弓弯雀畫箭。插雕翎。金袋肩上。横担銷金令字藍旗。端的人如猛虎。馬賽飛龍。須臾一對藍旗過來。夾着一對青衣節級上。一個個長長大大。搊搊搜搜。頭帶黑青巾。身穿皂直裰。脚上乾黃皮底靴。腰間懸繫虎頭牌。騎在馬上。端的威風凛凛。相貌堂堂。須臾三隊牌兒馬過畢。只聞一片唱聲傳來。那傳道者都是金吾衛士。直場排軍。身長七尺。腰濶三停。人人青巾桶帽。

個個腿纏黑靴左手執着藤棍右手潑步撩衣長聲道子一聲
喝道而來下路端的諕魄消魂陡然市衢澄靜頭道過畢又是
二道摔手摔手過後兩邊雁翎排列二十名青衣緝捕皆身腰
長大都是寬腰大肚之輩金眼黃鬚之徒個個貪殘類虎人人
那有慈悲十對青衣後面轎是八擡八簇肩輿明轎轎上坐着
朱太尉頭戴烏紗身穿猩紅斗牛絨袍腰横四指荊山白玉玲
瓏帶脚靸皂靴腰懸太保牙牌黃金魚鑰頭帶貂蟬脚登虎皮
路擡那轎的離地約有三尺高前面一邊二個相抱角帶身穿
青紵絲家人跟着轎後又是一班兒六面牌兒馬六面令字旗
緊緊圍護以聽號令後約有數十人都騎着寶鞍駿馬玉勒金
鞓都是官家親隨掌案書辦書吏人等都出于袴脊時諳驕自

已好色貪財。那曉王章國法。登時一隊隊都到宅門首。一字兒擺下。喝的人靜廻避。無一人聲嗽。那來見的官吏人等。黑壓壓一羣跪在街前。良久太尉轎到根前。左右喝聲起來。伺候那衆人。一齊應諾。誠然聲震雲霄。只聽東邊鼕鼕鼓來響動。原來本尉八員太尉。堂官見太尉。新加光祿大夫太保。又蔭一子爲千力。都各備大禮在此。治具酒筵。來此慶賀。故此有許多教坊伶官。在此動樂。太尉纔下轎。樂就止了。各項官吏人等。預備進見。忽然一聲道子响。一青衣承差。手拿兩個紅拜帖。飛走而來。遞與門上人說。禮部張爺與學士蔡大爺來拜。連忙禀報進去。須臾轎在門首。尚書張邦昌與侍郎蔡攸。都是紅吉服孔雀補子。一個犀帶。一個金帶。進去拜畢。待茶畢。送出來。又是吏部尚書王祖道與左侍郎韓侶。右侍郎尹京。也來拜朱太尉。都待茶送了。又是皇親喜國公。樞密使鄭居中。駙馬掌宗人府王晉卿。都是紫花玉帶來拜。惟鄭居中坐轎。這兩個都騎馬送出去。方是本衙堂上六員太尉到了。呵殿宣儀。行仗羅列。頭一位是提督管兩廂提察使。孫榮第二位管機察梁應龍。第三管內外觀察典牧皇畿。童太尉姪兒。童天胤第四提督京城十三門。巡察使第五管京營衛緝察皇城使竇監。第六督管京城內外巡捕使陳宗善。都穿大紅。頭帶貂蟬。惟孫榮是太子太保玉帶。餘者都是金帶。下馬進去。各家都有金幣尺頭禮物。少頃裡面樂聲响動。衆太尉插金花。拿玉帶。與朱太尉把盞遞酒。堦下一派簫韶盈耳。兩行絲竹和鳴。端的食前方丈。花簇錦筵。怎見得太尉的

富貴但見

官居一品。位列三台。赫赫公堂。晝長鈴索靜。潭潭相府。漏定戟枝齊。林花散彩賽長春。簾影垂虹光不夜。芬芬馥馥。獺髓新調百和香。隱隱層層。龍紋大篆千金鼎。貪擁半牀翡翠。枕歌入寶珊瑚。時聞浪珮玉叮咚。特看傳燈金錯落。虎符玉節。門庭甲仗生寒。象板銀箏。磈磊排場熱鬧。終朝謁見。無非公子王孫。逐歲追遊。盡是侯門戚里。雪兒歌發。驚聞麗曲三千。雲母屏開。忽見金釵十二。鋪荷芰。遊魚沼內不驚人。高挂籠嬌鳥簾前能對語。那裡解調和爕理。一味趨諂逢迎。端的笑談起干戈。吹噓驚海岳。假旨令。八位大臣拱手。巧辭使九重天子點頭。督擇花石。江南淮北盡灾殃。進獻黃楊。國庫民財皆啞遏。當朝無不心寒。列土爲之屏息。正是輦下權豪第一。

人間富貴無雙。

須臾酒畢。安席坐下。一班兒五個俳優。朝上箏纂琵琶。方响笙篌。紅牙象板。唱了一套。正宮端正好。端的餘音遶梁。聲清韻美。唱道。

享富貴。受皇恩。起寒賤。居高位。秉權衡威振京畿。惟君恃寵。

把君王媚全不想存仁義。

滚綉毬　起官夫造水池。與兒孫買田基。圖求謀。多只爲一身之計。縱奸貪。那裡管越瘦吳肥。趨附的身即榮。觸忤的令必危。妬量才喜親小輩。只想着復私仇。公道全虧。你將九重天子深瞞昧。致四海生民總亂離。更不道天網恢恢

俏秀才 巧言詞。取君王一時笑喜。那裡肯效忠良。使萬國雍熙。你只待顛倒豪傑把世迷。隔靴空撓癢。久症却行醫。滅絕了天理。

滾繡毬 你有秦趙事。指鹿心。屠岸賈縱犬機。待學漢王莽。不臣之意。欺君的董卓燃臍。但行動絃管。隨出門時兵仗圍。入朝中百官悚畏。仗一人假虎張威。望塵有客趨奸黨。借劍無人斬腰賊。一任的忒狂為

尾聲 金甌底下無名姓。青史編中有是非。你那知燮理陰陽。調兒氣。那知盜賣江山結外夷。枉辱了玉帶金魚挂蟒衣。受祿無功愧寢食。權方在手人皆懼。禍到臨頭悔後遲。南山竹罄難書罪。東海波乾臭未遺。萬古流傳。教人唾罵你。

當時酒進三巡。歌吟一套。六員太尉起身。朱太尉親送出來。回到廳、樂聲暫止。管家稟事。各處官員進見。朱太尉令左右擡公案。就在當廳。一張虎皮校椅上坐下。分付出來。先令各勳戚中貴仕宦家人吏書人等。送禮的進去。須臾打發出來。纔是本衛紀事。南北衙兩廂五所七司。提察議察觀察巡察。典牧直駕。提牢指揮千百戶等官。各有首領。具手本呈遞。然後纔傳出來。叫兩淮兩浙。山東山西。關東關西。河東河北。福建廣南四川十三省提刑官。挨次進見。西門慶與何千戶在第五起上擡進禮物去。管家又早將何太監拜帖。鋪在書案上。二人立在堦下。等上邊叫名字。這西門慶擡頭。見正面五間皆廠廳。歌山轉角滴水重簷。珠簾高捲。上週圍都是綠欄杆。上面朱紅牌扁。懸着徽宗皇帝御筆。欽賜。執金吾堂。斗大小四個金字。乃是官家耳目牙爪。所家緝訪密之所。常人到此者處斬。兩邊六間廂房。皆墀寬廣。院宇深沉。朱太尉身着太紅。在上面坐着。須臾叫到根前。二人應諾歷堦。到滴水簷前。躬身參謁。四拜一跪。聽發放。朱太尉道。那兩員千戶。怎的又叫你家太監送禮來。令左右收了。分付在地方謹慎做官。我這裡自有公道。伺候大朝。引奏畢。來衙門中。領劄赴任。二人齊聲應諾。左右喝起去。由左角門出來。伺出大門來。尋見賁四等。擡担出來。正要走。忽聽一人飛馬報來。拿宛紅拜帖。來報說道王爺高爺來了。西門慶與何千戶閃在人家門裡觀看。須臾軍牢喝道。人馬圍隨塡街塞巷。只見總督京營八十萬禁軍隴西公王燁。同提督神策御林軍總兵官。太尉高俅俱大紅玉帶。坐轎而至。那各省參見官員。都一湧出來。又不得見了。西門慶與何千戶。良久等了賫四盒担出來。到于僻處。呼跟隨人拉過馬來。二人方纔騎上馬回寓。正是不因奸佞居台鼎。那得中原血染衣。看官聽說。妾婦索家。小人亂國。自然之道。識者以爲將來數賊必覆天下。果到宣和三年。徽欽北狩。高宗南遷。而天下爲虜有。可深痛哉。史官意不盡。有詩爲証。

權姦誤國禍機深　開國承家戒小人

六賊深誅何足道　柰何二聖遠蒙塵

畢竟未知後來如何。且聽下回分解。

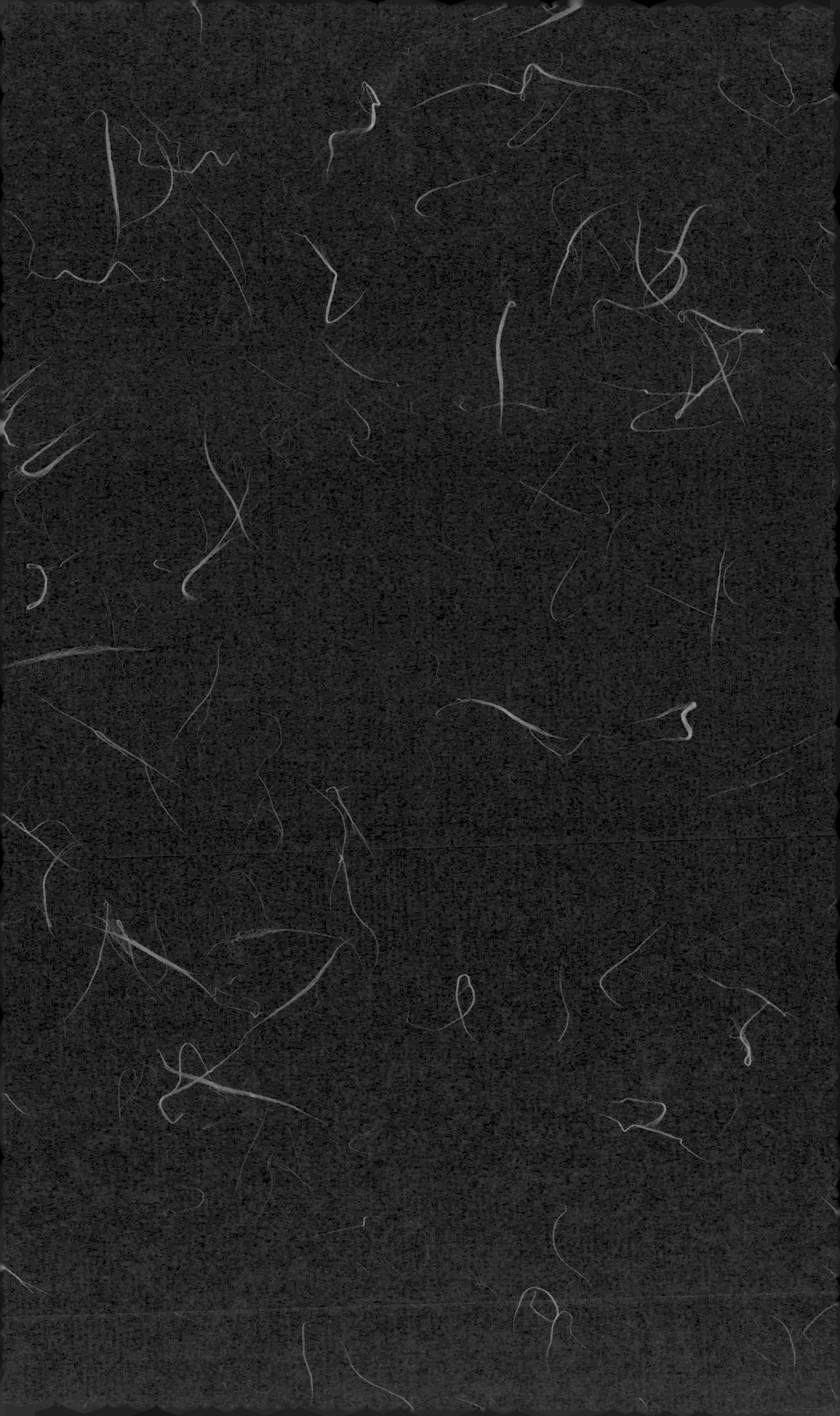

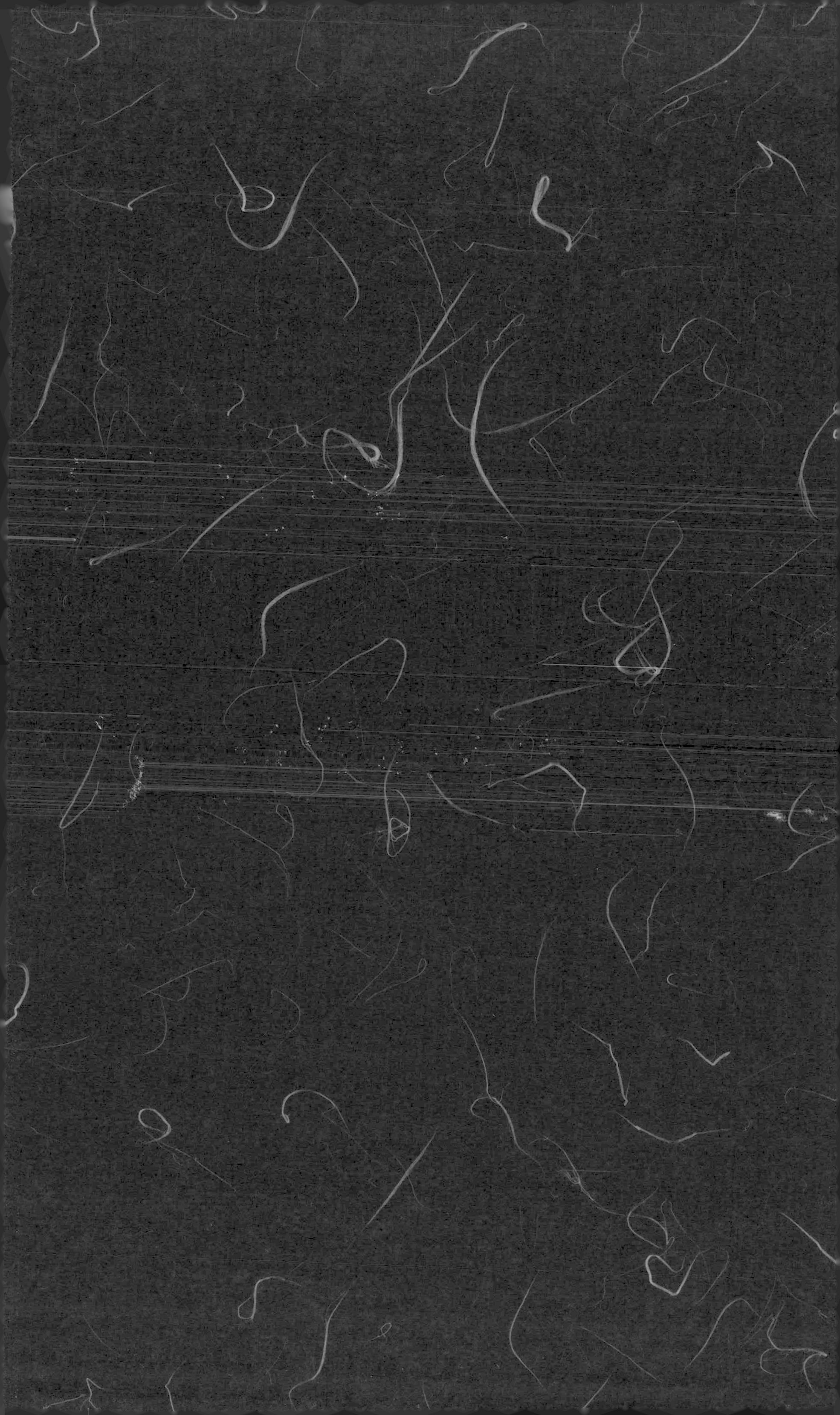